情書遺產

莉迪亞・阜蘭◎著
金文◎譯

貓頭鷹

各界好評

莉迪亞．阜蘭在這本書裡邀請我們，一同珍視平凡的事物與真實的情感。

——《自由報》

細膩的反思、震撼人心的情感與優美的文筆，使這部作品成為難得的珍寶。

——《世界報》

作者以她理性卻充滿情感的文字，訴說著人性的善，同時接受人性的脆弱與堅強。

——《晚報》

從女兒的眼光看父母的情感如何發展，這般的角度使得本書成為一部動人的見證。

——《時代報》

莉迪亞·阜蘭因著父母的愛情而生，也因著他們的苦痛而生。而這對情侶所展現出的耀眼光芒，再再證明愛在命運的巨浪下，是生命中最高大的防波堤。

——《艾勃多書誌》

這本書是關於珍貴的愛情、人性、親情、戰爭的痛苦與重建的努力。走完這一程，得以慢慢品嘗莉迪亞·阜蘭澄澈光明的風格、優雅的情感與細膩的反思。

——《Babelio 網站》

推薦序

物之告別式——父母撒手那一刻來到以後

邱瑞鑾

從來，頌揚母愛、父愛的道德文章很多，父母對子女的愛也的確比任何感情都無私，但我們這些為人子女的，我們這些說不上孝順，也說不上不孝，只是本本分分對待父母的子女，我們對父母親的感情到底是一種什麼樣的感情呢？老實說，我不太願意問自己這個問題，因為它涉及了我能對自己誠實到什麼程度、能面對自己的脆弱到什麼程度，尤其，敢把自己揭穿到什麼程度。再說，即使我們暗地裡認了自己對父母的感情裡帶有什麼樣的瘡瘡疤疤，有什麼碰觸不得的傷口、怨懟，我們是否成熟得足以把這一切都承擔下來，而不推說這全是因為父母自己如何如何造成的？（是啊，我們不都自以為很有理由說自己心裡的千百種糾結，根源在父母！）

就因為這樣，我們總是有意無意告訴自己別去想這個問題，我們只需要確定自己沒有不愛他們、確定自己對父母所做的總在倫常之內，便可以心安理得的把日子過下去，以此塗銷我們其實不知道怎麼愛他們，或是我們始終覺得他們不知道怎麼愛我們的部分，當作我們從小至今並沒有時不時感到匱乏，有所渴求，愛與被愛的渴求，或者甚至在他們那方也是這樣。

幸或不幸的是，被壓抑的這一切總有一個時候會排山倒海的撲來，整個將我們捲入狂潮，迫使人正視父母之於我們的意涵，那關乎愛恨、怨結、恩情、過犯、痛悔、憤懣，而不是道德倫理的意涵；讓人悵然的是，這一刻往往是在父母撒手的那日來到，在這個幽深深的死亡大黑洞面前，丟失了部分血肉的心被攪進了情緒的漩渦中，其中「摻雜了憤怒、壓抑、無盡悲傷、不真實感、反叛、悔恨和莫名的解脫感……」，比利時女作家莉迪亞・阜蘭這麼形容她失親那一剎那的心情。

「莫名的解脫感」？看到這幾個字時真是愣怔了一下，但細想，也很難說完全不是這樣。那我們解脫了的是什麼呢？是包袱？誰也不敢大逆不道地說父母是包袱，然而，從他們的位置投射出來的一切：他們立下的或好或壞的榜樣、我們繼承自他們的或好或壞的性格，還有他們對我們的羈絆、驅策、寄望、失落，我們偷偷企盼於他們的等等、等等，不都早已被我們化為包袱實實扛在肩上了嗎？有些時候，我們真的以為自己被壓得不能喘息。也許真如莉迪亞．皐蘭所說，在父母棄世後，有那麼一刻會萌生出一種莫名的解脫感，羽翼頓然一輕，天地我獨翔。但片刻之後，虛幻的自由讓人虛脫，一轉頭又見到父母親身後的遺物，那沉甸甸的包袱的重量便統統回來了，而且這次是這麼地具體有形，占空間、有體積、硬梆梆。

遺物，這些村上春樹稱之為曾經和亡故之人「一起行動的影子」，我們該拿它們怎麼辦？附加它們本身不見得有的意義，把對待這些遺物的態度，當作是我們對待故去親人的態度？或是單純把它們當作舊物、廢物來處理，想丟就丟，不帶感情？但事情向來不是這麼簡單的二分法。即使是先此後彼地採取了這種二分抉擇的東尼瀧谷（他先是試圖讓亡妻的七號洋裝和鞋子在另一個女孩身上活過來，不久醒悟「不過是陳舊的衣服罷了」，即叫二手衣店來拿走，多少錢都無所謂，兩年後喪父，他更無顧忌地把遺物當舊物），最終還是不免「（在父親收藏的）唱片的山完全消失之後，東尼瀧谷這回真的變成孤零零孑然一身了。」村上最後這淡淡的一筆還是點破了故去親人的遺物是他們與我們在人世最後的一絲牽繫。但〈東尼瀧谷〉畢竟只是村上快筆虛寫物情，回到真實人生，在打理親人遺物時，物與不物間，是讓人心情無定向擺盪的一整片灰濛濛地帶，有種種情緒說不出。

也就這樣，初讀這兩本薄薄的《我如何清空父母的家》、《情書遺產》很難不帶著情緒進去，又帶著情緒出來。開頭這端的情緒一半是自己的，自己帶著戒慎恐懼之心走進這個深怕會引爆什麼的主題裡，另一半則源自於作者，作者以理性客觀地審視喪親之痛、不刻意煽動情緒的筆調一點一點安撫了前半的心防。作者身為心理分析家，好像深知該往何處扎針，針尖輕輕一點就有細小的血珠滲出，微微酸楚，但不痛。於是我們出神地看著她把針左右上下移動，遍處巡查病灶。我們滿懷信任地等著她下針，等著自己隱藏在某處的暗疾就要得到滌清、除滅，幾乎要忘了這裡躺在診療床上的其實是她自己。

但這麼說並不是意味這本書把喪親情緒寫得過於普遍化、一般化，甚至說規格化，以致人人能移情其中，對號入座；而應該是說，作者幾近全面寫到了內心層層次次的感受，即使我們有幸不曾經歷，我們也可能在其中照見某時的自己與父母之間的牽絆，尤其是她精簡扼要地描寫了喪親之後，在面對不得不的日常瑣事時引發的種種困頓、窘促，我們總能認同她的哀嘆，像是在最後一線生死之隔即將打破之際跟母親、父親告別的景況，還有為什麼她斤斤計較著父母沒有遺囑交代怎麼處理遺物，以致她必須殫精竭慮地翻探父母的箱櫃。何況，她繼承的遠不是幾只箱櫃，而是一整間屋子，一整間帶著父母兩人生命史印記的屋子。

看著作者一一追溯這些物品背後隱藏的私歷史、大歷史，我們好像忽然懂了為什麼許多童話故事都會有夜半時分家裡的東西自行活起來、動起來、說起話來的想像。誰真的敢說白日裡靜靜在一側旁觀人世的物品沒有感應人心的力量。而且，就像每個人的生命都會不斷衍生出神經突觸與其他生命做有機連結一樣，每件帶著生命史印記的物品也都會連結到另一個人的生命。莉迪亞・阜蘭在清理父母遺物之間，幾次不意撞見了自己、自己童年的遺跡、祖輩與孫輩之間的祥和天倫，以及自己與父母的糾結，甚而她還撞見了父母的父母，以及他們在她父母身上所留下的懷想與傷疤；家中幾代人盤錯的情感，甚至她父母跨越的那一整個時代的乖舛全都膠葛在幾件不起眼的小物件、小紙頭裡，沉重得讓人想別過臉不看。但也讓人意識到，原來，這世界還是依循著「物質不滅」的定律運行，凡存在必留痕跡。遺物，從這個角度來看形同「歷史證據」。

但遺物，也是「留情」的同義詞，這在這兩本書中處處得見，譬如有兩樣東西所拉出的感情，特別會讓人看得心柔軟了起來。一是作者的「母系遺產」，包括她家中幾代女人留下的手工刺繡、織品，以及母親數十年來親手精心為自己縫製的無數華美服飾。讀到這些段落，不免又想到村上〈東尼瀧谷〉中的那個看到新衣服不買就「單純的單純的無法忍受」的妻子。衣服之於女人簡直像基因一樣，自己是個什麼樣的人在其中表露無遺；莉迪亞．皐蘭也從母親一整間的衣服中，看見了母親和她自己的生命勃發。寬慰的是，她讓母親的這些衣服最後都有了妥善的歸處，以獨特的方式向她母親的才華致敬。

再者，作者繼承的種種父母遺物中，最教人詫異的莫過於情書，她並據以寫成《情書遺產》一書。這些共七百五十封的情書是她父母初識時相隔兩個國家唯一的聯繫，在二次大戰結束後，兩人平均一周互相回覆一次，如此持續三年。我們都能體會戀愛中的人是怎麼看待情書的，但大概沒有多少人「有幸」讀到自己的父母互訴衷曲的情書。「有幸」在這裡顯得弔詭，即使親如父母，在沒有他們應允的情況下擅入他們的私密世界，心裡多少有負擔；但如果有幸獲得這種奇妙的經驗，怕是會比收到情人寫來的情書更加悸動吧，因為正如莉迪亞．皐蘭在書末所說：「我在裡面看到的，不只是一個愛情故事，不只是兩個共同生活了五十多年的人如何結為連理，裡面還有某種宇宙起源論的成分，一種開基史，一面每個人都想在裡頭認出自己的鏡子：渴望自己乃因愛而生。」但其實我們並真的不需要這樣的情書遺產，因為我們知道，在那一日到來以後，天下父母最珍惜的，也務必要我們珍惜的，就是這個在愛中孕育的遺物：我們自己。

邱瑞鑾　東海大學哲學系畢業，獲法國巴黎第八大學法國現代文學高等深入研究文憑。現為文字工作者，譯有十餘部法國當代小說。另著有圖書館讀書生活記事《布朗修哪裡去了？》。

目次

嗶普和巴普

喪親之後

我沒有為最後一個句子畫下句點。

這是太慘重的損失，我的哀痛仍持續不斷，無法想像自己的痛苦將會逐漸減弱，終至回復平靜，轉化為能夠撫慰人心的追憶和思念、長相左右。服喪期尚未結束，我還囚禁在其中。

我需要時間來發現：原來已故者所留下的空缺，已經在不知不覺間變得不再那麼尖銳、不再那麼揮之不去，而且日復一日，它會逐漸化為一種友善的、無所不在的、溫柔而充滿幸福的憂鬱。失去可以帶來一種全新、獨特、前所未有的連繫，它被裝在膠囊裡，不受日常現實的侵擾。我覺得去世的雙親似乎在我身上建立了基地，我保護他們，他們填滿了我。我不斷地想起他們的一言一行，還會好玩地假設，如果他們還在的話，會怎麼說或怎麼做；我和他們交談，我把他們變成了我的，他們再也不能反對那些我對他們的看法了。他們的身上開始散放出某種理想的光暈，再也沒有什麼可以反駁我對他們的情感。他們悄悄地潛進我心裡。我在他們的各個面向中，挑選出那些最適合我的，將他們美化；我把最美好的回憶，那些最有趣、最溫馨、情感最豐富的時刻，凝聚起來。

當然我也會抱怨，突然間生起氣來，一時心裡充滿了憤怒和舊怨，不過大部分的時候，溫柔又會重新占了上風。我逮到自己正在模仿他們的腔調和姿態，講他們可能會講的話，重複著一些可以鞏固我心中父母親形象的小故事。他們在我的夢裡徘徊，夢見他們可以給我力量，讓我覺得我們之間有一種無言的約定、一種漫溢過白晝黑夜的默契。他們又回到了我內心的最深處，我可以任意塑造他們的形狀；我可以無懼於任何制裁地一意孤行，把過錯都推到他們身上，然後好意地幫他們進行改造。我用自己的方式來重塑他們，而他們不過是服從命令的受造物。他們屬於我。

喪事辦完後，失去親人的人該怎麼辦？如何與死者和平共處？要怎麼稱呼這種進入全新階段的傷痛？這仍算是居喪中，還是應該給它另取個名字？光陰流逝，大喪期（用前人的稱法）過去了，半喪期也結束。然後呢？一種憂傷——在某些日子裡，例如生日那天、逢年過節、某一瞬間，或聽到某首樂曲、某支歌的時候，或者完全沒有理由地只肇因於某個隱約的聯想——時而強烈，時而緩和，於是眼眶泛起淚光，內心、喉頭或腸胃會糾結一下，一種混合了珍貴的模糊記憶的傷痛，緊緊地將我們擁抱。也許我們仍然無法接受他們的死去，只不過是習慣了而已，雖然偶爾還是會抗拒——為什麼他不在了？為什麼她會死掉？他們真的已經從這個世界上消失了嗎？沒有他們，我怎麼活下去？

我清空了父母親的家。我終於還是完成了這個艱鉅的任務。為什麼我會留下某幾樣東西，而送出或扔掉其他的呢？我當初的選擇必然很武斷，現在我對此事並非毫不惋惜，也有一點猶疑。那條用青黃色木頭刻的，名叫布拉哥的小蛇跑到哪裡去了？那是父親為母親做的護身符。還有那些過節用的盤子，和那支柄很長、另一端有個白色塑膠小手的搔背器和那台電子翻譯機呢？我是不是不該把那幾個五〇年代的花瓶，還有那三張北歐扶手椅送走？有好幾次，我女兒抱怨找不到某些東西，但我卻無論如何也想不起來它們在哪裡。幸虧外公、外婆從前在家幫她留著的那些絨毛玩具、書本、錄影帶等等，倒是很仔細地收在幾個箱子裡，所以還找得到她的童年。

幾千樣物品，有的丟，有的賣，有的送人；留下來的都是小東西，但卻能令人睹物思人，所以異常珍貴。譬如那對原來黏在他們新婚禮物上的新郎、新娘木偶，可能連他們自己都忘了曾把它們連同其他幾百件無關緊要的東西，一起堆在家中的地窖裡，甚至婚禮過後就沒再多看過一眼——但這個小玩意兒就是有辦法在一群雜物中脫穎而出，激起特別多的情感記憶。它們和另外幾本父母的書，以及舊相片，在我的書架上找到了新家；披著白紗的小新娘和身穿黑色禮服的小新郎，仍然那樣手挽著手，莊嚴地微笑著。另外也是我最珍惜的紀念品之一，是一張我四歲時畫的父親肖像——我覺得畫得很像，大概是因為眼鏡的關係。在一個把愛毫無保留地表現出來的孩子眼中，她的父親成了一個服裝不整、看起來很調皮的小人兒。

我把我的寶貝全放進一個大盒子裡：父親的口琴、母親那條圖案是

「貝內的戀人」的圍巾、曾祖母以手織毛線包覆起來的衣架、一個紅色的史卡費拉替（Scaferlati）菸草盒，還有父母親共同設計，但未能成功量產的可拆式海灘椅上的「Take it easy（放輕鬆）」標籤……

我將那把剪葡萄用的小銀剪刀，和一個裝著父親照片的相框，擺在一個玻璃櫃中。照片中的他是個眼睛很亮、顴骨很斯拉夫的英俊青年，站在一棟我想像位於馬倫巴（Marienbad，法國電影導演雷奈的名片「去年在馬倫巴」中男女主角期待相遇的城市，是一個想像中的地名）的建築前面——我後來才知道那裡其實是蒙特魯（Montreux）。和父親並排而立的是另一張照片，照片上的我大概才一歲半，皺巴巴的小臉，一副奮力掙扎、想從母親懷裡逃出去的樣子。我很喜歡這幅影像裡那精力充沛和固執的自己。

在這段期間，我也搬了家，清理自己的屋子，把東西分門別類，該丟的丟、送人的送人，賣掉了一些物品，然後打包了幾十個箱子，小心翼翼地把資料收好，儘量只留下最基本的；多餘的、報廢的、不重要的、重複的，一律格殺，絕不寬貸。一個新的生活於焉展開。我再也不亂買東西了，每次帶什麼新的物品回家之前，一定先考慮兩遍，每一件都必須要具有實用的或情感上的價值，不要平白堆積物品。我很害怕重蹈父母親那種令人望而生畏的、堆積如山的情景，我想在自己的身後，只留下數量有限的東西。但是這當然只是我的幻想：任誰也沒有辦法做到讓自己的孩子免於失去雙親之痛。也許我們可以在實質或形式上減輕那種衝擊，但即使如此……

某些父母親的日常用品還是從此走進了我的生活，他們的身影於是很低調地幾乎遍布家中。我將他們的部分杯盤和我自己的擺在一起，有時我會拿他們的杯子喝水，或用他們的花瓶插花。父母的書也和我的書混在一起。我會戴母親的圍巾，有時候則是她的手套——如果戴得下的話。我也會有點不好意思地戴上她的首飾。她蒐集的香水瓶成了我家浴室的裝飾，而牆上也掛著幾幅他們的畫。我的童年在我的中年生活裡回響著。

我在他們的相簿和照片盒子裡找到一些老照片。我那隻掉了一隻眼睛的玩具熊，又重出江湖了。一個微不足道但很有意思的小擺飾：有著東方臉孔，雙臂平伸的泥娃娃（我小時候對她極為著迷），也在一層擱架上找到了位置。一台迷你型縫紉機，還能動，我小時候喜歡坐在上面模仿母親做衣服的樣子，現在它則靜立在書房的一角。一些七〇年代非常流行的五彩塑膠盒，被我拿進房間裡，用來裝小東西。每一個消逝的年代，都和現今混在一起了。

然而，在我還保留著的父母遺物中最特殊、也許也是最脆弱的東西，就藏在閣樓上所找到的三個盒子裡。三個硬紙板盒子，我沒有打開就帶了回來，我知道裡面裝的是父母親在一九四六年九月底結識後，直到一九四九年十二月一日結婚前，這三年之間魚雁往返的情書。我該不該打開來看？還是直接丟掉比較好？這甚至可算是一種有點違反倫理的偷窺嗎？

許多個月過去之後，我才決定打開盒子讀那些信。那時母親已過世一年半，父親也去世三年半了。我的雙親已經安穩地在我心內長眠。我時常夢見他們，他們在我的夢境裡再度團圓。我覺得自己已經準備好，去認識那在我出生前曾經是年輕人的雙親。我很好奇他們兩個是怎麼在一起的，我也想知道自己的來歷。我終於可以去讀一個尚不屬於我（即使後來仍歸於我）的故事，感覺彷彿我早在自己出生前即已存在，又彷彿這一切都不過是我的想像而已……

時光旅行機

他們的情書完整地擺在我面前，其中一半還被很仔細地編了號碼，它們把三個硬紙盒子擠得滿滿的。盒子上寫著：「嗶普&巴普書信集」。

墨水和紙張看起來就像當代的東西，唯有郵票、郵戳和日期洩漏了它們的年紀。將他們當初摺信時的力道封鎖住的摺痕，依舊那麼的輕淺。信封幾乎毫髮無損，可以想見他們拆信時的那份小心翼翼，偶爾這些信封甚至會像從未被拆封過似地頑抗著。一股難以察覺的氣味，現代風格的書寫法。兩人的筆跡就跟我所認得的一模一樣——父親的看起來就是很輕快，像一堆拆開來的毛線；母親的則是堅決而蒼勁。光陰未曾在這些信上留下痕跡，它們宛如一段新戀情般活躍而令人悸動。自從兩人初次相遇以來，六十載匆匆而過——他們曾彼此承諾，當青春不再時，必重讀這些情書。但他們從未這麼做過。

結果，還是必須由我戰戰兢兢地展開這些信，如鯁在喉地讀著。因為感到不好意思，我花了很長的時間才敢去碰它們、打開來看。我想保護的到底是誰？是他們嗎？是我嗎？我覺得自己還沒準備好去認識父母在我出生之前的人生。萬一那是令人失望的，與他們在我心中的形象不符，那該怎麼辦？這算不算是一種偷窺？我可以一封一封地從這些信裡，去了解他們是怎麼認識並相愛的嗎？

在二〇〇四年秋季的某一天，我突然覺得自己並非「想要」，而是「需要」知道這些信件的內容；透過這種很實際的方式，來和他們重新取得連繫。當我的指尖滑過他們曾經用來寫信給對方的信封和信紙時，我也多少再度碰觸到了他們的存在。我再也不覺得這是侵犯隱私了，相反地，我認為他們應該會很高興我看他們的信。他們在世時，曾對這幾百頁的手稿非常引以為榮，覺得是他們的寶藏。這批信件反映了他們所邂逅的那個大時代、和病魔奮戰三年之後終於實現了終身廝守的美夢，以及之前那長達五年的烽火連天。

我在信裡面所看到的，不僅僅是一個愛情故事，不只是兩個共同生活了五十多年的人如何結為連理，裡面還包含了某種宇宙起源論的成分、一種開基史、一面每個人都想在其中認出自己的鏡子：渴望自己乃因愛而生。

他們是怎麼認識的？為何會受到對方的吸引？一起共築過夢想嗎？兩人的關係密切到什麼程度？又將我放在這份情感中的哪個位置呢？

透過兩個當時對生下我尚無任何概念的年輕人所寫的信，來認識自己的雙親，那種感覺當然十分詭異。當年那男孩不過二十三歲，她也才二十五，正值青春年少，但都已飽嘗不幸。兩人都渴望著一個較為平靜、儷影成雙的生活。

他們的情書成了一台時光旅行機，可以載著我潛入他們的過往，去那兒見證他們的真情和心跳。我可以走進他們的故事、這個先我而存在的故事裡嗎？

不過，對於他們是在怎樣的情況下相識，以及那些曲折的情節，我也並非全然不知情，小時候其實常聽他們說起——他們會津津樂道地對我講述這些珍貴的時刻。

他們的邂逅，有兩個經常出現的代表性畫面。那天，父親頭一次走進母親的病房，她那時因嚴重肺結核而住進療養所，病床上打了一個很大的藍、白、紅三色花結。母親一出場就是打著「法國女人」的招牌，渾身充滿那種來自語言、文化的優雅和魅力，但更令這個流亡的俄國青年訝異的，是她的愛國情操。幾天之後，波里斯穿過村子，一直爬上位於萊辛（Leysin）城郊森林入口處的葛蘭會館（Grand Hôtel，療養院名），手裡拿著一個闊口高腳杯，就是為了給那病榻上的女孩帶來她最愛的冰淇淋。我可以看見我那從不多言的父親，透過這樣一個出人意表的殷勤動作來表達他的關懷，完全符合他在我心目中的形象——做的永遠比說的多。母親是位光芒四射、較易陷入極端的人，而父親則是溫和、有心事、受過傷的。

賈桂琳和波里斯，面對面：一個儘管臥病在床，但仍希望生活能夠處處驚奇；另一個則是一心挑戰物理法則，在冰淇淋尚未溶化前全速向前奔跑，只為了讓對方開心，進而對自己產生好印象。

情節是否被我太過美化了？我難道是想藉著這些童話般的畫面，來彌補失去雙親的遺憾？有可能！但這不也是人悼念死者的心路歷程之一？美化去世的雙親，賦予他們所有的優點，甚至再也看不到他們的缺點。也許我們永遠也無法接受親人死去的事實吧？我們內心深處不都會隱約地盼望他們有一天能夠復活嗎？即使只有幾千萬分之一秒，也期盼著能再見他們一面——就算只是他們的靈魂，或只是個徵兆也好？

當然，即使在大白天做夢也不犯法。觀看著照片和影像中的父母，生活周遭都是兩老所留下之物，對兒女和身邊的人談起他們、聽他們所喜歡的音樂……這一切都能勾起我們的追思之情，撫平——或加劇——喪親之痛。這是個永遠也無法療癒的傷口吧？我們必須帶著一道不完美的疤痕過下去。失去雙親，是任何損失皆無法比擬的，因為我們失去的同時也是某部分的自我——那就是我們的童年。而隨著時光流逝，那個不見的部分也更形珍貴起來。

突然之間，我覺得這批活生生、近在眼前的情書，是一條讓雙親歸來的絕佳路徑。這些信中承載的不只是他們的筆跡，還有他們的聲音、思想，某種宛如從他們的生命中萃取出來的祕密精華。

我清空了他們的屋子，我還寫了一本書來描述那是何等艱鉅的考驗。父母親離開人世已經過了許多個月，我依然非常想念他們，我試著和他們取得聯繫。看他們的情書，能讓我更靠近他們。我將陪伴他們，隨著他們兩人情史的峰迴路轉，看見他們年輕時候的樣子。戰爭，以及親人的消失，曾讓他們留下什麼陰影？他們的品味如何呢？都看些什麼書？做些什麼夢？他們又如何拉近彼此的距離，終於決定共度一生？我無意在他們的通信中發現什麼祕密，我只想感覺到他們就在身邊。

也許我終將戰勝他們的死亡。

情書

我把那三個紙盒放在書桌上，將信一一攤開。首先是父親的第一封信，然後是母親的，接著是父親的第二封信和母親的回信……我的思緒澎湃，在那樣一張小小的紙上，竟放得下如許多的情感、生活、過去與現在。

我開始把信的內容打字存進電腦裡，或許是害羞的關係，工作進度非常緩慢，我花費了數小時又數小時，在白日逐漸縮短的季節裡，常常一整個下午就耗在上面。夜晚降臨得愈來愈早，憂鬱籠罩著我；我覺得父母親就在身邊，但同時又遙遠得可怕。十一月、十二月、一月……我持續不懈地抄著這些信，並漸漸得知父母那透過魚雁往返的奇異相識。他們在瑞士的萊辛可能只見過三或四次面，之後就相隔千萬里，但他們繼續給對方寫信，一封又一封，長達三年。他們於是漸漸地彼此認識，相互發現、欣賞、信任，互相表白，接著和病魔奮戰——彷彿那只是另外一個戰場。他們好不容易結了婚，但不久又重新被分開了好幾個月。

我慢慢地抄著這些信，覺得這是他們在死後才交付給我的極重要任務，而我則用一種默哀的心情在執行它。但我也一直自問：會不會看到什麼不該知道的祕密？不是說做子女的不能去詰問這段史前史、不該去僭越父母的愛情隱私嗎？儘管有所遲疑，朋友中的幾位知道了我這項寫作計畫，也都露出尷尬的沉默，但我還是繼續下去。我拿起每封信，不假思索地抄起來，一字一句，全部鍵入電腦中。有些信洋洋灑灑有六頁、八頁，有些才四頁，少於四頁的就很少了。當我把其中的一封信放回去，便會好奇下一封信裡的回答是什麼——他或她將如何回應對方的來函。一封一封看下去，我也屏住呼吸了——他們的熱情成了我的，他們的痛苦亦然。我和我的父親一起顫動著，也和我的母親一起顫動著，我突然想到自己的情書——我是不是該去重讀一遍呢？一切的愛情，究竟是如何開始的？父母親的愛情故事有任何特殊之處嗎？或者不過是所有類似的愛情故事中的一個？它是否深受五〇年代歷史的影響？而我的愛情故事則是八〇年代的產物？

我以無比的耐性，一字一句地繼續執行我的任務——巴哈、莫札特和舒伯特陪伴著我——以一種近乎對待宗教儀式的態度。父母親生前既非詩人，亦非作家，他們不是藝術家，也不是科學家，不參與任何政治或社會運動，他們見證的是他們那個時代的芸芸眾生、那個混亂恐怖年代中的受害者或行動者。也許他們的書信能夠引起一些除我以外之人的共鳴？這些信件，除了做為私人性質的文獻，難道不能有別的用途？

我很好奇。所以我允許自己放手一搏。

這本書信集，這雙重的文風，不正是我之所以存在的源頭嗎？

邂逅

第一張明信片

第一張明信片，日期是一九四六年十月八日星期二，用藍墨水寫的，寄給住在瑞士萊辛鎮葛蘭會館療養所一四一號房的賈桂琳．艾瑟小姐。

「親愛的賈桂琳，我人現在在米蘭。搭東方快車來，只剩下站票，不過友人與我還是平安抵達。天氣很好，東西也是想像不到的便宜，今晚我們打算去劇院，明日購物。下一張明信片我會在永恆之城羅馬寄出。」署名：「敬祝平安！波里斯」。

言出必行。三天之後：「從米蘭又往南行了七百公里，但我仍未忘記您！旅途勞頓，但搭十六個小時的火車來看永恆之城很值得……太多太美麗的東西可以看了，但時間太少。到了佛羅倫斯之後，我將會再想到您。」

波里斯・阜蘭一共給賈桂琳・艾瑟寄了五張明信片：米蘭的主教座堂、羅馬的提圖斯凱旋門、羅馬海灘、佛羅倫斯的領主廣場、艾菲爾鐵塔。

接著是波里斯的第一封信，用打字機在薄頁紙上打成，一九四六年十月二十二日寄出。信中的語氣友善、熱情，講了很多旅途上的趣事和見聞。之前賈桂琳可能揶揄過他的中產階級習氣，因為他回覆她說八天來他沒戴過一次領帶，他還提到回程時曾經很想在萊辛下車去看她，但還是沒敢妄動。火車約於晚間十一時在艾格勒（Aigle）的小站停靠，他仍念念不忘他的山城假期；不一會兒功夫，夜行車已經載著他來到蒙特勒（Montreux），然後是洛桑（Lausanne），旅行已接近尾聲。他說他多麼希望未來某個周日可以來坐在她的床邊，對她訴說他的義大利之旅，並保證會在下一封信中提到他的巴黎探險。最後，他向她致上誠摯的友誼。

兩天後，賈桂琳用熱切的語氣給他寫了回信：「難以形容您的明信片和信讓我有多麼開心！好像喜悅被引爆了。」

過去十天以來，她每天都巴望著分發郵件的時刻趕快來到。她時常想給他寫信，但沒敢妄動，就像他也沒敢貿然地前來看她。「至於我，我已經好點了。每天早上都會起來走動十五分鐘，不過體溫還是有點高。昨天也量了體重，很失望地發現自己瘦了三公斤，我應該增加一倍的食量好補回來。但心情很好，活得很有夢想和希望。您還記得我的四行詩嗎：

幸福是用分鐘來計算的
一條分鐘鍊

而鍊上的每一個鍊環

都是幸福！

所以，我是多麼希望能夠將這條鍊子盡可能地延長。而您也許在無意之中，為某條幸福之鍊的延長做出了貢獻。多謝！」

按照原狀

好了，我終於敢了——我讀了他們最初的通信，第一步已經跨出。我不曉得看完這些信得花上多少時間。我開始計算有多少：他們兩人加起來大概寫了七百五十封信。我算過，三年間，平均一個禮拜通信兩次，直到一九四九年十二月一日結婚為止。之後，一九五〇到五一年的那個冬天，他們又分開了好幾個月，在那之後，我就找不到任何蛛絲馬跡了。他們曾為其中一年半的信件編號，我後來也開始幫剩下的信編號——我沒敢寫在他們的字跡旁邊——每一封信拿在手上都如履薄冰，生怕在上頭留下什麼墨漬、摺到角或碰壞它們。

我進展得很慢。把他們的信一封封摺起來又打開，以確保自己沒裝錯信封。我按照先後順序，把它們擺進各自的紙盒裡。簡直就像一場茶道儀式，每個動作都很緩慢，全神貫注。至於信的內容，本來我是完全照抄，但幾個月過後，我決定只將信中的某幾段打字，其餘就用寥寥數語的摘要帶過，譬如那些最日常、重複性最高的：等信、互寄小包裹、療養所的生活、去做健康檢查、照X光、父親去聽的音樂會和看的展覽，以及他的工作、朋友、難以忍受的無盡寂寞……我讀了一百多封，在電腦裡密密麻麻地大概打了兩百五十幾頁的字。接下來我休息了好一陣子，沒有辦法突破——有個東西在攔阻我，我必須喘口氣，讓心情沉澱下來，讓這個奇特的計畫暫時停擺。

我花了很長的時間思考自己的感受。從一開始，最讓我訝異的，就是發現他們的性格特徵，和我所認識的竟然相差無幾。難道是因為這些年以來我和他們的互動真的太少？我出生的時候，她不過三十歲，他也才二十八，而我對他們最後的記憶，是兩位分別為七十八和八十二歲的老人。是他們都沒變？還是我只有注意到相似的地方？

我在信中認出了父親的害羞、極其善良、過度的謙讓、幾乎是孩子氣的天馬行空、讓人無力招架的真誠、頑固的樂觀、面對考驗時的腳踏實地和堅貞不渝。從母親的信中，我又看到了她的暴躁、衝動、熱情、幾近冒失的率直，和她那絕不退縮的求生意志。

但母親的健康情況之差，也在一開始就讓我感到非常驚訝。我從未意識到她到底病了多久。她才剛結婚，就又必須回到山上去，因為身體實在太差，無法適應城市生活。就連我都出生了，她還是要定期去瑞士休養。兒時和母親的離別，我現已不復記憶，對於母親的生病和療養期的長短，也全然失去了時間概念。現在一切的腳步都變快了，即便是療癒。但在父母那個時代，人們相信時間——以及瑞士高山的新鮮空氣——具有某種藥物所無法達成的療效，所需的只是無窮的耐性和強大的毅力。

母親為了恢復在奧斯威辛集中營以及後來在一九四五年一月的死亡行軍中所失去的健康，必須經年累月地奮鬥。她從集中營獲釋後，卻在巴黎的呂黛西亞酒店（Hôtel Lutetia，建於一九一〇年。二戰後曾出借給法國反抗組織使用，專門收容自集中營歸來的囚犯）感染了嚴重的肺結核，瘦得只剩皮包骨，體重比一個小孩還輕。賈桂琳就這樣徘徊在生死之間，拖了一年多，才從巴黎轉院到萊辛的療養所──於一九四六年六月二日，被人用擔架抬著送進去。同年秋天，曾在巴伐利亞（Bavière）一處勞動營待了三年多的父親，也到了萊辛，不過他只打算待幾個禮拜。他那時是受人之託，去萊辛看一個叫奧爾嘉的生病女孩。那時隔壁病房住著另一個病得很嚴重的女孩，他於是在奧爾嘉的要求下，過去做了禮貌性的探視──賈桂琳和波里斯就這樣在一九四六年的九月底，九月二十九日，初次見面。

某種程度而言，母親的心態一直就是個孩子。做為一個病患，她只能聽見她的身體、用身體去感受，一點小事就會令她擔心憂慮、煩惱不已，一切都圍繞著疾病和對死亡的恐懼打轉——雖然母親宣稱她「該死而未死」的次數已經多到連她自己都麻痺了。她一直是所有注意力的焦點：她自己的、我父親的。我從小就必須肩挑起趕快長大的使命，不要造成負擔，不要「耍孩子脾氣」。母親總喜歡說她不用養我，我自己就把自己養大了。但同時，我又總是受到一種焦慮的關注，這也許就跟母親及父親向來對生理上的任何症狀皆非常敏感具有同樣的道理。一個人如果平平安安，身體也無任何不適，並不代表他就一定健康。一輩子差不多只得過幾次感冒、胃酸過多，頂多扭到腰的父親，他過世時一下子就走了，反倒是一直在生病的母親，已經學會如何駕馭病痛，她並非突然就撒手人寰，而是慢慢地消失。

在我整個童年之中——甚至童年都已經過去很久了——有個必須時時刻刻關心的人，那就是我的母親。她可能因此變得自我中心：倒不是自私，而是以自我為重；不是自以為了不起，而是習慣了當焦點人物。她曾在集中營裡為了活命而奮鬥，接著又必須和病魔奮戰，然而一旦病癒，她卻並未將她那超乎常人的精力奉獻在什麼理念或理想上面，也沒有出去工作，彷彿她的世界已然退縮。

在母親年輕的時候，大戰爆發以前，她就像許多同伴一樣，是個托洛斯基主義者（trotskiste）。她曾經為了反對納粹而參加抗德組織。然而，從集中營歸來之後，她和從前的朋友及同志就完全失去聯絡。她結婚後身體也不好，於是全心在家裡當個主婦，她也不想和過去再有任何關係，寧願對我講古。在她的口中，大戰前的生活充滿了自由、誘惑和一股幾乎是魔法般的智識風氣。她透過對我訴說逝去的年華來得到安慰，我時常聽得目眩神迷，一面夢想著聖日耳曼德佩（Saint-Germain-des-Près），以及西蒙德波娃和沙特那對神仙佳侶。也許她就是這樣把她那寫作的祕密欲望傳給了我。但顯然我必須先掙脫那些夢幻唯美的童話故事，離開她這個超脫世外的夢想家而去，告別這座她將自己和我關在裡面的金色圍欄。

之後，相當久以後，她很訝異我把她那些神話全變成了我的。我眼裡只有書，不想結婚，根本拒絕婚姻。我希望在我的男女關係裡，必須將愛情和友誼、性欲和智識上志同道合的情感都結合在一起；不需任何證書而生活在一起，不正是每天都在證明愛情力量大過社會習慣、更勝於柴米油鹽？母親和我都是不合時宜的人，她期待見我穿白紗，她想抱孫子，我根本不急，她卻一直催。二十歲的時候，她覺得自由戀愛是理所當然，但到了五、六十歲，她早已將昔日的理念拋諸腦後。我忠實於她的青春，背叛了她的現在。她怪我，我也怪自己。我女兒出生時，她氣消了不少，幾乎把我的男友捧上了天——他就是她未能擁有的兒子，她原諒他的一切，他最完美。她從來不會用這種眼光看我。

也許我對她不公平。她是愛我的——用她的方式——有時候很慈祥，甚至對我讚不絕口（這其實令我很尷尬），有時則不停地指責我。她的情緒會走極端，講話很直接，一有什麼不滿意就會爆發出來；不過當她喜歡的時候也是一樣，絕對不會吝於表達。她前一秒還在擁抱妳，後一秒馬上就又開始嫌東嫌西。我向來很懷疑她的穩定性，不過，反正她也記不得自己的情緒起伏，她只要求人家無條件地愛她——雖然她自己的條件倒是一大堆。對於父母親，我們除了按照他們的原狀去愛他們，還能怎麼樣？

舊創

布魯塞爾，一九四六年十月二十六日

親愛的賈桂琳：

您在腦海裡所寫給我的信，是的，我全都收到了。我甚至回覆了您，特別是當我獨自一人穿越瑞士時，沒有朋友作伴，您卻處處與我相隨。您給我寫的信，讓我得到很大的安慰。您問起家人是如何歡迎我的？「我的家」，就只是一個和左鄰右舍長得一模一樣的帶家具的房間。房東唯一關心的是月底能否收到房租。我有一些朋友，當然都是很有熱血的人，不過也是各忙各的。我不怪他們頂多只有幾句客套的寒暄：「還好嗎？有沒有玩得很開心？」

我覺得很孤單。我去拜訪了L醫師，他的女兒奧爾嘉情況很好，可能再過幾個禮拜又要到萊辛去開始新的療程了。他們請我留下來吃點心——請吃晚餐也許太貴了，我猜。現在您可以了解為何您的信對我如此珍貴，我需要友誼。但我還是必須感謝L醫師，他請我去萊辛看他的女兒奧爾嘉，讓我有機會碰到您。

這個星期天下午四點左右，我將會——在我的腦海裡——去看您，坐在您的床邊，聊聊天。也許這時收音機裡正播放著貝多芬的第五號交響曲。

再見……賈桂琳，而且是不久之後！

祝您平安

波里斯

萊辛，一九四六年十月二十八日

親愛的波里斯：

知道我的信為您帶來了喜悅，讓我感到如此開心。我多麼願意基於一種真誠的友誼，給您些許安慰。我比任何人都明白一個人活著有多麼需要情感。我因無人關懷而感到苦惱，更何況我在這方面曾經受到命運如此的眷顧，直到失去了我親愛的父親。在集中營裡，我曾苦於飢餓、寒凍、睡眠不足、蟲蝨和拳打腳踢，但這些和精神上的痛苦比起來都不算什麼。從來沒有一個人會對我笑，對我說一句好話，像爸爸那樣將我摟在懷裡安慰我。我是父親去世五周後遭到逮捕的，所以還來不及意識到自己究竟有多不幸。在奧斯威辛，我給自己打造了一副堅硬的盔甲。必須堅強，才能抵抗。因為我想要抵抗，就像我曾經身染重病住在巴黎的醫院裡和死亡對抗了一整年那樣。我想要活下去，以我所有的精力活下去。現在我已逐漸邁向康復之路，但每個人在生命中都需要受到激勵，而我認為再也沒有比友情更好的了！

我想在您的小房間裡布滿我的關懷與思念，而您，也將回到我的床前陪伴我。您不覺得我們相隔兩地卻又能彼此扶持，是件很美妙的事嗎？

布魯塞爾，一九四六年十月三十一日

我親愛的小賈桂琳：

您的信讓我看了很傷心。我知道，這不是您的錯，您是無辜的。這是一道幾乎已經癒合的舊創，然而今早在讀著您的來信時，卻又裂開來了。

在您的字裡行間，我重新見到了某一部分的自己。我是多麼了解您要說的，簡直太了解了，唉！為什麼？是的，真的很難說出來，這是渺小如我，至今人生中最痛苦的一段回憶。這段回憶深藏在我心底，小心翼翼不敢洩漏，因為我知道沒有人能夠了解——但您除外，也許您比我堅強多了！對不起，我從來不願意對別人說起我的故事，但我相信您能夠理解。

一九二五年，父親、母親、哥哥和我，一家四口逃離蘇俄。父親在邊界上慘遭殺害。我們本來要去漢堡和父親的一個姐姐會合，沒想到抵達目的地時只剩三人。我們沒有收入，母親必須去工作，哥哥要上學，我那時才兩歲，於是就被送到離漢堡十五公里遠的一處兒童之家去寄養。我在那邊待了差不多五年。

我的母親很難得來看我，她必須工作。母親們一個月只能去那兒探視孩子一次，而我的媽媽卻連時間都沒有。我看著別的孩子和他們的母親在一起，那麼快樂，就會想：我媽媽會來嗎？……結果沒有，她還是沒出現。為什麼？每個人都那麼開心，我卻自己一個人躲在角落裡，無人聞問！那很不容易。為什麼？

七歲那年，我回到漢堡。那時我家在港口附近有個小雜貨店，上學要搭四十五分鐘的電車。放學後（德國孩子下午不上課），我就到一家兒童園地去用餐、寫功課。晚上七點才到家，回家後就得馬上睡覺。想跟母親說說話、看看她，也不是不可能，但要等到星期天。在某個日子裡，我母親病了，離家到外地去療養。我又被寄養在一位女士的家中兩年。到了一九三二年，我也九歲了，母親返家時賣掉了雜貨店。我們兩個一直共同生活至一九三八年——多少可以這麼講，因為她下午兩、三點就下工了。可惜我當時還太年輕，不明白母親的意義是什麼。

一九三八年，我們被迫在八天內必須離開德國。本來想去投靠一九三三年就到荷蘭去發展的大哥。母親拿到了入境許可，我卻沒有。我在布魯塞爾有個堂叔叫喬瑟夫（現住加拿大），願意讓我去他家。不料開學前夕，他竟然改變主意，將我送到沙勒羅瓦的一家職校當寄宿生。沙勒羅瓦距離布魯塞爾五十四公里，搭火車要四十五分鐘。學校有四千個學生，沙勒羅瓦是個工業城，四周都是煤礦。學生大部分來自工人或礦工家庭。我住在學校宿舍裡。一到周六下午，同學幾乎都回家去了，直到星期一上午再返校。他們是多麼幸福啊！而我卻無家可歸。我那個堂叔讓我不用回去，就留在沙勒羅瓦，說這樣法語進步得比較快。沒錯，聽不懂法國話，不了解他們的心態，是很難生存，但只有一個人的周末夜晚和星期天，也不好受。平常上課的日子，有個男孩跟我一起，他們家跟堂叔認識。我常常安慰他，可是誰來安慰我？我既看不到我母親，也見不到堂叔。我有煩惱，我心裡難過，能對誰訴說？誰又能夠來安撫我、開導我？我沒有權利哭泣——除非是在夜裡，躲在被窩下面時。告訴我，我究竟犯了什麼錯，才會這麼孤獨？

一九三九年復活節的時候，我覺得自己非見到母親不可，奈何就是沒有證件！我在荷蘭邊境被擋了下來，在那兒的拘留所待了一整天，到晚間才被人押著坐上回比利時的火車。但到了七月暑假時，我的證件終於下來了，我終於可以和母親團聚四個禮拜。為什麼我那時不把她看得更仔細一些，讓她的樣子更深刻地烙印在我的記憶裡？一九三九年九月五日，我不得不再度跟她分開，是的，而且是永遠地訣別。戰爭爆發了，我必須回到比利時。

一九四〇年五月十日，戰火蔓延到荷蘭、法國和比利時。堂叔趁還來得及的時候跑到加拿大去了，把我留給他在布魯塞爾的親戚，但不是跟我同姓的R一家人。德軍正步步進逼，大家開始逃難。R家把我當成傭人使嗅，別人睡床，我睡地上。我們在離敦刻爾克（Dunkerque）數公里處，和所有的英、法軍以及一些剩下的比軍，同受到德軍包圍。您知道當時發生什麼事嗎？那個小村原來的居民才一千人，加上我們六千個難民，不到幾天存糧就吃光了。要排四、五個小時的隊，才能領到一塊麵包。我的任務就是去幫大家領麵包。我們一共八個人，我去排隊，槍林彈雨都習以為常了。我沒有誇張，那個機關槍的子彈就打在離我三、四公分遠的牆上。很多人都跑去躲起來，隊伍因此縮短了，我還很高興，覺得可以早點領到麵包。我那時還跟自己說，母親有一天會以我為傲，但這天從未來到。

誰可以告訴我這是為什麼？

回到布魯塞爾後，因為床不夠，我繼續在地上睡了好幾個月。周六從沙勒羅瓦回布魯塞爾（如今周末他們又准許我進門了，因為可以幫他家帶外省的物資回去），我還得洗碗、削馬鈴薯皮等等。這也沒什麼，我從不抱怨，只願得到母親的一個擁抱、親吻或讚美做為回報。但我還是沒有能夠得到這個讚美、這個親吻和擁抱，從來沒有。

到了一九四二年，蓋世太保到布魯塞爾的堂叔親戚家找我，他們就把我在沙勒羅瓦的地址給了對方。他們本可以通知我的，但是他們沒有。我於是遭到逮捕，和其他的俄國人一起被送到巴伐利亞的一處勞動營去。

在營中，我用盡全力地抵抗，像您一樣！

我不願意死在裡面。

一九四五年七月，我又回到布魯塞爾。

媽媽人已不在了。為什麼？我多麼想再見到她，片刻就好，一秒鐘也行。

她死在哪裡？葬在哪裡？或像其他的幾百萬人一樣，在奧斯威辛化成煙消失了？

大哥還在瑞士，但狀況非常糟糕。

我又必須寄人籬下了，而且還是在那戶當初舉發我的R家中。

我多麼後悔離開德國，我為什麼沒死在集中營裡？

親愛的小賈姬，請您原諒我。

您在信中提到了您的痛苦，所以我也說說我的。我的榜樣就是您，就是妳。

妳在集中營一定吃了很多苦頭。妳是怎麼撐過來的？我真的很佩服妳。為什麼我們在萊辛的時候不曾說起這些呢？

情深款款地　妳的波里斯

沉默

如許悲哀，如許屈辱，如許傷痛。我從不知父親兒時吃了這麼多苦，過得這麼孤單。他從未對我提起這些，他太含蓄、太沉默了，痛苦時就默默承受，把它藏在內心的最深處。我現在較能明白，為什麼每當我問他一些年輕時候的事情時，他整個人就會緊繃起來。他也想找出一些愉快的回憶，譬如他和堂姊瑪妮亞、索妮亞和娜迪亞一起去溜冰，他和堂哥曼斐德又如何調皮搗蛋。克拉拉嬸嬸家大請客時，有三、四十副刀叉，白色桌布、燭台、水晶杯，客人看來都很盡興。還有他們堂兄弟姊妹之間的那份默契……我們如果也去溜冰的時候，他的話就會變多。我那時六、七歲，他拉著我的手，跟我描述著漢堡的港口，或他哥哥在荷蘭時去參加結冰運河上的溜冰比賽得到冠軍、他在碼頭上觀察到的魚販、駛往美洲的大船……

他幾乎從未對我說過他母親的事。至於他那領著全家逃離反猶情緒日漸高漲的蘇聯，卻在邊境上慘遭殺害的父親，他則是一無所知。他那時甚至還不滿兩歲。一想到像父親這麼溫和的人，他的雙親竟然都慘死於非命，怎能不令人不寒而慄？他一向溫順，卻頑強地固守著生命中那些不堪一擊的歡樂，難道這就是他用來對抗這麼多暴力及椎心之痛的方式？他必須全力以赴，來拯救妻子的健康，因為他過去未能阻止父母的遇害。

我女兒出生後，父親非常看不慣我花太多心思在工作上，他生氣了，認為我應該把時間都奉獻給小孩。但當年我並不曉得這個要求背後的用意，是希望能夠透過我，擺脫他那些年在孤兒院和寄宿人家中缺乏母愛的陰影。

我們的來源並不是寫在一張白紙上。從精血結合的那一剎那起，我們就已經被另外一個故事綁住了——那是我們的上一代、上上一代（即使他們已經去世很久了，我們才出生）——的故事。在代代傳承中，我們的位置早就被指定好了，這是一種甩不掉的包袱。我們生來就有個該去完成的任務。

我的任務，從父親的角度來看，就是成為一個溫柔、永遠陪在孩子身邊的母親，甚至寸步不離也沒關係。現在的太多，應能彌補過去的太少。他自己也是個非常棒的外公，給了小孫女自己曾想得到的一切：擁抱、親吻、講故事、唱歌、遊戲，以及無邊無際的時間……他為她釘木頭玩具，再漆上鮮豔的色彩；他為她煮美味的兒童餐，玩牽線木偶，好幾個小時地揹著她、扛著她，跟她玩轉圈圈……他對她的耐性浩瀚無垠。在他過世前，她曾為他送去了可能是他這輩子最後的享受之一：一大碗草莓鮮奶油。

我很小的時候，父親也是那種老母雞型的爸爸，但總是那麼地開朗、溫柔，甚至有點孩子氣。平常要上課的日子，都是他叫我起床，陪我一起吃早餐，然後帶我去學校。母親沒辦法早起，她除了呼吸道的問題外，還常常失眠。她都要到凌晨兩、三點才能入睡，入睡後就做噩夢，夢見自己又落入了納粹的魔爪，被送進死亡集中營。天亮以後，她必須費很大的力氣才能開始一天的工作。父親則是用他從未曾感受過的親情來照顧我。

後來，父親擔任的母職愈來愈多了，因為母親連續兩年在滑雪時摔倒，接著又在我剛滿九歲之際發生了一場重大車禍，住過一所又一所的醫院，直到我十二歲。之後，一切都不一樣了，我永遠地失去了童年時的那個母親，而進入了青春期。當母親只顧著對我吹噓當年如何地熱血沸騰，又如何參加地下反抗組織等事情時，父親卻已然見到了吾家有女初長成，並引以為傲。他永遠記不住我喜歡的那些男孩的名字，卻能夠興致勃勃地對他們挑三揀四一番。他想把我永遠留在身邊。

父親也沒有可以參考的對象，他不曉得如何當一個少女的父親。在那段時期裡，他再度必須面對孤獨。他完全不明白我那些新的煩憂、情傷，和一個又一個的質疑。他無法用言語來給我力量，我因此而痛苦，也痛恨他的沉默，在我眼裡這就是一種背棄，輪到我感到形單影隻了。命運曾迫使他必須自己解決問題，他必然也期待著我可以依樣畫葫蘆。只是有時，他會突然很激動地摟著我，對我說他永遠可以當我的靠山，但他永遠無法想像，或不願知道的是，這種話只會讓我更加焦慮——這些話在我聽來意味著他對我沒有信心，覺得我沒有能力面對人生中的困境；他為我擔心害怕，想要保護我，而不是幫我面對問題。

有時我會很好奇父母親曾否討論過我的教育問題，抑或是他們那一代的人沒有這樣的習慣？他們那個年代不流行心理分析，他們不像我這麼相信語言的力量，他們的人生經歷過太多的動盪不安——共產革命、希特勒掌權、二次世界大戰、勞改營、死亡集中營——這些外在事件，讓他們完全忽略了自己的內心世界，覺得那不值一提。他們只能盡其所能地在內心深處默默地承受它、習慣它。尤其是父親——從來沒有人傾聽過他——他也學會逃避、壓抑自己的情感，免得倒下去。

當年，他哭著對七歲的我說起母親剛跌斷一條腿時，那肝腸寸斷的模樣曾讓我深受震撼，整個世界開始搖搖欲墜起來。父親看似如此地徬徨無助，以至於我也感到迷失了。我有種哽噎的感覺，倒不全然是媽媽受傷的關係，而是因為父親那令人不安的傷心欲絕。不過我畢竟沒有哭出來，我露出一副小大人的樣子。不能全家人都倒下去。看到父親眼裡都是淚水，我那孩童的敏感心靈告訴我，他之所以會這麼激動，一定不單純是由於眼前的事故而已，還有更多的情感和情緒，是來自於我所不知道的過去事件。也許就在這天的傍晚時分，在某座白雪皚皚的高山上，我決定成為一個心理分析家——為了分析父親的傷痛，然後幫他包紮起來。

愛的良藥

場景是瑞士的一家療養所，一個涼爽的房間，一張白鐵床。很特殊的初次見面場合，但一切都是從這裡開始的。她躺在床上，他坐在床邊，兩人在聊天，大概都是聊些瑣事。他們各自在對方身上看到了什麼，讓兩人的人生從此綁在一起？是他人實在太好，所以感動了她嗎？吸引他的，是她的病，同時也是那種從她的臉龐和聲音中所流露出來的生存意志嗎？還是她被他那對湛藍色的眼珠——而他被她栗色的頭髮和眼眸——給迷住了？

一個年輕男人走近一個生病中的年輕女孩。當下，他知道自己將成為她的救命恩人嗎？會不會剛好是因為她正好來自他母親被殺害的那個集中營，讓當初未能對母親伸出援手的他，不由自主地想幫助她好起來？而她呢？她連想都不敢想要擁有愛情吧？她知道這個訪客將使用愛的良藥來醫治她嗎？兩人是否在冥冥之中立下了一個直到地老天荒的盟約？他發誓與她並肩作戰、打敗病魔，她則承諾要為他好起來。

這是一場新的戰爭：個體對抗疾病之戰。他們站在同一陣線，互相扶持，終至大獲全勝。她和他不僅是一對戀人，也是兩名戰士。

這個看似禁不起現實考驗的愛情故事，一開始就進展神速。信末的祝福很快地成了親吻與擁抱，字裡行間燃燒著熊熊的熱情之火。波里斯和賈桂琳將各自對愛的無邊渴望，託付給對方。他們透過信件來發現對彼此的感情：她想從他的身上找回太過早逝的父親；他則渴望在愛情中尋獲他不幸一向缺乏的母愛。他們想成為對方的全部——首先是父親和母親、兄弟和姊妹，然後才是男女朋友。

其他的什麼都別想

萊辛，一九四六年十一月二十三日

波里斯，我親愛的：

我剛讀了汪妲（Wanda）的《五〇四四〇號女囚》（*Déportée 50,440*）其中幾頁，很難將視線從那段關於浸水缸的描述之上移開。我自己也被浸過水缸，這段描述非常精確，逼真得讓人不寒而慄。我真的親身經歷過這些嗎？我多想快快忘掉這一切！只需想著眼前的幸福，而不要糟蹋了你親切的來信所帶給我的無比喜悅。也許，我已經碰到了我的「靈魂伴侶」了？

媽媽是星期四早上十點到的。就這樣，很簡單，門一打開然後人走進來。她緊緊地抱著我，不停地親吻我。經過六個月的分離，她很高興再見到我。當初我是被人用擔架抬著離開巴黎的，現在我已經可以站得很穩了，雖然還是皮包骨。她來了之後，我別的事都不必做了。她說個不停，我洗耳恭聽。只是她總愛不停地對我說：「賈姬，妳該多吃點！妳要不要這個？妳要不要那個？來個蘋果？一個白蘭地泡雞蛋？一塊蛋糕？一塊巧克力？喝點酒，但不許抽菸！」她自己是個老菸槍。

我不得不對她提起你，鉅細靡遺地。

布魯塞爾，一九四六年十一月二十七日

親愛的小賈姬：

郵差晚了二十分鐘，害我的心都糾結了。非常害怕收不到信。妳的信就像是一劑效力很強的鴉片，我每天讀著它，就飛到夢的國度裡頭去了。妳是我的姊妹魂，而我是妳的兄弟魂。我想要在妳的身上找到一切：我的母親、我的姊妹、我的知己，我的小賈姬。

賈姬，為什麼妳要看《五〇四四〇號女囚》這一類的書？我不願像別人常對我說的那樣，對妳寫下「忘了吧」這樣的字眼。不，不該遺忘，永不！但現在別去讀那些東西，妳還太虛弱，這對妳太沉重了。等幾個月，等妳好多了以後再來讀，對妳的健康就不會有危害了。賈姬，妳一定要好起來，這是妳目前唯一該關心的。妳想要為我好起來！長胖一些！其他的什麼都別想。

遺傳性創傷

終其一生，母親心裡只有這件事：她的健康、她的身體和她的病。媽媽一直在生病的孩子都是怎麼過的？她當然非常愛我，但愛得很笨拙，常常前後不一致：一下太親熱，一下又冷若冰霜。她放在自己病痛上的心思，讓她會突然心不在焉起來。她的心神突然間就飄走了，被她自己——她的呼吸困難、她的胃痛、惡夢和骨折的腿——徵調了去。心理該有的位置，都被身體占去了，她無法思考。集中營的經驗，是一種不可化約、無法理解，甚至未曾被思考過的創傷，而身體就這樣赤裸裸地、毋須透過任何媒介地為她吶喊出來。沒有任何言語可以用來形容集中營的恐怖，用她的話來說就是：「這根本沒辦法說，沒辦法相信。如果我說了，人家也不會相信。」

從小女孩的時候，我便立志要拯救母親於消亡，不讓她受到惡的迫害，幫她趕走那些「壞蛋」。我想要「治好」她——不僅是身體上的病痛，還有她的夢魘、她的失眠、她心中那道無法癒合的生命裂縫，以及她在「那邊」遭受過的超乎想像和人性的一切。

遺傳性的創傷：攻擊性受到壓抑，無法傷害別人。我的雙親都太脆弱了，我只能乖乖聽話，不反抗，不製造麻煩，一動也不動，沉默著，整個人像在躲避什麼似地蜷縮起來，試圖不要引起任何注意力。為了活下去，只好裝死。母親曾說過她在集中營的時候，為了保護自己，為了不要去做奴工，為了不想死掉，她會儘量把自己縮小到讓人看不見。每當集合令一響起，就必須在上西里西亞寒冽的清晨中撐上好幾個小時，這時，她便去躲在廁所裡面。她當年才二十三歲。身為一個倖存者的孩子，該如何自處？我怎麼好意思歡笑、歌唱、舞動？怎麼好意思快樂地活下去？然而，我的雙親仍然想要用生命來戰勝滅絕。我的出生，在他們眼中是一個奇蹟，一個比一切死亡都來得強大的生命。

多沉重的負擔！多麼大的責任！儘管我像是要證明或報復似的，有了自己的事業，然而我從未真正地離開。我只是解放了自己的內在，形體上我仍然原地不動，像一道城牆、一種不能活動的存有。透過想像、夢幻和閱讀，我逃逸而去，但我從不曾站起來宣布：「我要走人了，後會有期。」別離，一切的別離都是令人無法忍受的創傷，離去給人的第一個聯想就是死亡。怎麼能對他們做出這種事？所謂的「壞人」，就是跟納粹同一國的——誰願意跟劊子手、跟殺人兇手同一陣線？——那錯置的力道實在太強，我沒有力氣跟它對抗。還有就是這個盤旋不去的質疑：我出去後能跟人家競爭嗎？我會不會也在飽受屈辱和壓迫之後，被燒成灰燼？

我的父母親彼此已經緊緊地結合在一起了，不僅是我泥中有你、你泥中有我，而是根本已被熔鑄在同一副軀體中：母親的受苦之軀和父親的療癒之軀——完美無缺的共價鍵。這副幻想出來的軀體，是在戰後那無以名之的集中營經歷之後，在瑞士所誕生的。沒有人能從「那邊」全身而退，所以需要兩個人共用一個身體，甚至是三個人共用一個。這個世界，教人如何能夠掉以輕心？

被活剝過皮的波里斯，強忍住自己的悲傷，完全淹沒在對賈桂琳的愛情裡。她是他的救主，他是她的救星。他不願意她重提集中營的往事。他一直無法接受他母親在奧斯威辛死於毒氣室的事實。他提醒她別再去想集中營的事了，他要求她保持沉默，免得自己那無法承受的痛苦被喚醒。既然能活著出來，就該重拾之前被打斷的人生。浩劫是大家一起經歷的，但每個人還是得獨自去面對自己的夢魘；浩劫餘生讓人產生罪惡感——所謂生還者的罪惡感——但又會覺得自己戰勝了納粹很厲害。父母親有幸逃過了種族大屠殺，他們是活著的被害人、兩個孤兒、兩個生還者，互相扶持著走過人生的道路。他們就是這樣在一起的，一對基於互相依賴而結合的夫妻，共同做著征服疾病和死亡的萬能之夢；他們聯手支撐住這個世界，這樣我就不會被壓壞——這個世界上有太多的危險，他們希望能為我擋開它們。他們對於從一個人的內在所能夠發展出來的力量，沒有信心。他們的經驗，證明了人類的死亡衝動（Thanatos）永遠比生存衝動（Eros）要強烈得多。

然後，他們之間還是產生了愛情——拯救式的愛情——一種猶如重生、活泉、晨露般的愛情。只是，他們除此之外，什麼都不相信；他們懷疑人性，尤其不信任國家。為了抵禦所有的獵食者，他們將自己的巢補得結結實實。父母親並非沒有朋友，但這些朋友也都是時代的受害者——我很難想像他們在一起時都在討論些什麼。那些朋友們的小孩會和我一起玩，不曉得他們是否也和我一樣，在家裡的大人都不會去提起往事？他們對集中營的歷史了解多少呢？可惜當我長到足以和他們討論這些事的年紀時，幾個家庭已不來往了。再說，即使當年我們不懂得談論上一輩的遭遇及那種代代相傳的傷痕，我們好像也沒聊過什麼。

經歷過集中營的人，不願提起過去，他們只想成家立業，好好教育下一代；他們希望和一般幸福快樂的人們沒什麼兩樣。過去的就讓它過去，重要的是未來——父親是這麼想的，母親亦然。然而有時候，母親會忍不住說起那幾年她參加反抗組織的事情：怎麼私藏器械，製造假文件、假糧票……如果她一直往下講到自己如何被捕，開始提到奧斯威辛時，父親就會打斷她，理由是這段回憶除了徒增痛苦，毫無益處。他認為既然不堪，何必回首？禁止她多發一言。

我呢，我多麼希望父親能為他在毒氣室裡喪生的母親哭泣，而母親也能找到言語來表達她所經歷過的那些說不出的恐怖和創傷。母親大概沒有想到過，她在不知不覺中，已將她的創傷移轉到我身上。對於那數百萬人曾經遭受過的，我必須扛起不可遺忘的重責大任；我聽見他們在我體內的吶喊，我多麼希望能夠把每一個受害人的姓名寫下來，這是個比登天還難的任務。我不知該如何回應這個從不曾明講出來的要求：「妳這一代的人一定要記得，不可以忘記，這是我們在集中營時的唯一希望——那就是讓外面的人都知道這裡發生的事情。妳記得住嗎？」

會的，媽咪（我都是這麼用英語叫她的）！會的，媽咪，我記得住，甚至連我孩子的小孩也不會忘記。但這一代傳過一代的創痛，它的殺傷力也該慢慢地熄滅、分解了。奮鬥應該是有意識的，我願見到生命的勝利，見到快樂大於痛苦、愛情贏過死亡、藝術壓倒例行公事，見到政治參與打敗是非不分和漠不關心。我不可能一輩子扛著這個妳交付給我的重擔，它會讓我喘不過氣、步履蹣跚。妳可以了解嗎？可以接受嗎？我希望有人來分擔這個重大的責任，把它變成一種奮鬥，一種覺醒，一種倫理。

戰前，妳還在杜爾的時候，有兩位男性友人。他們一個叫馬塞爾，一個叫保羅。妳喜歡第一個，第二個也愛上了妳。戰後四十年，妳意外得知了第二個男性友人的下場，妳整個人幾乎崩潰了。我也不責怪妳不愛詩人卻愛藥劑師。我曾虛構了一封給他的信（〈給保羅策蘭的信〉收錄在一九九七年出版的《給戀人的信》一書中），信中我重寫了妳的故事。在代代相傳中，我們是否只能一再地重寫同樣的故事呢？

奧斯威辛的聖誕節

萊辛，一九四六年十二月一日，第八封信。二十五歲的賈桂琳生病了，病得很嚴重，她不曉得自己會不會有痊癒的一天。這兩人正夢想著翻山越嶺、遨遊四海？她在寫給他的信中毫不諱言：「以我這種病弱之身、日漸銷毀的形體，真能夠讓你得到我想要給的、而你也確實值得的幸福嗎？你看，我的心對你是敞開的，所以我不怕將真相照實說出來：我對此很懷疑，是的，非常懷疑！」

他的回答：「親愛的，妳信裡有一段傷透了我的心：『一切都要怪這個好不了的病……』我給妳寫的那些信都是白費力氣嗎？這句話一下就把這兩個月來妳帶給我的歡樂都抹殺了。

「妳的病不久就會好起來了。不是今天，也不是明天，我知道，但這天一定會來的，而且會比妳想像中的來得快，如果妳願意的話！『日漸銷毀的形體』，妳怎麼能對我說這麼殘酷的話？我不是先知，但我知道，只要我活著一天，就會努力地讓妳快樂。妳還要我怎麼做？」

稍後，賈桂琳提到了她的雙親：

「一九四四年五月二十一日，在格勒諾布爾，我失去了父親。五個禮拜後，我也被逮捕了。蓋世太保對我刑求了兩天，依舊沒能問出我們的落腳處，這樣媽媽才有時間逃走，她後來在錫安聖母堂裡找到了庇護。我從集中營回來再見到她時的心情甚至有點混亂，因為當我過得生不如死時，她仍然可以幾乎不受影響地繼續生活下去。然而我有那麼多的同志，他們的父母皆已雙雙遇害……我的不幸中還是有大幸。幸好，父親沒見著他那被關過集中營的女兒，不然他一定會受不了打擊。

法國解放之後，母親設法於一九四四年十二月左右回到了杜爾。她找到了位於新蓋公寓大樓裡的家，在滿目瘡痍的杜爾城裡奇蹟似地未被炸毀。但她所有的家人全進了集中營，再也沒回來。媽媽將所有的指望都寄託在我身上，而我終於在一九四五年五月三十日，帶著一身的病生還了。她在我的床前度過了好些絕望的時刻，那時我人還在巴黎，差不多快死了，連跟她說話的力氣也沒有。她一靠近，我便伸手將她推開，因為這樣會讓我無法呼吸。媽媽在那段我和死神玩捉迷藏的期間，真的很偉大，她常常不去用餐，只為了有更多的時間陪在我身邊。是的，我永遠也忘不了這個。」

幸福不會自己來報到，而是要耐著性子、日復一日地將它從病痛中搶救出來，相信自己會好起來，不要灰心喪志。一個同房的病友死了，悲傷、沮喪，甚至絕望席捲而來，賈桂琳覺得自己也要死了。波里斯的朋友都叫他要小心一點——沒有人會去愛一個「癆病鬼」，一個患肺結核的年輕女人——這樣做太不理智。但波里斯和賈桂琳不為所動，顯然他們並不怕失去什麼，他們已一無所有，這反而給了他們無懼於世俗眼光的力量、意志和勇氣。他們不過通了兩個月的信，但兩人的心已緊緊相繫。即便所有的人都反對，但他們還是願意相信這段感情一定能走下去。

他們會告訴對方自己看的書、喜歡的詩，同時收聽某瑞士電台的古典音樂節目，這讓他們有天涯若比鄰的錯覺。波里斯會去看電影——這裡最新的一部影片是「砒霜和老處女」；賈桂琳也去看了療養所裡放的「波坦金戰艦」。也有低潮的時候，兩人離得實在太遠了。他們希望能在復活節假期裡見面，但必須分別向比利時、法國和瑞士申請簽證——冗長繁複的行政手續。波里斯覺得時間怎麼過得那麼慢；賈桂琳對這個從筆友變成的男友還不是很放心。她自問，他們的感情基礎是什麼？兩人也不過見過兩、三次面，他們的想像力會不會太豐富了些？

「這是我第一次，也是最後一次談戀愛。」波里斯如此對她表白。但眼前有件事讓他坐立難安：他如今在布魯塞爾上班的那家工廠老闆，也就是他的堂叔——喬，問他可不可以移民到加拿大，去那邊的分公司幫忙。波里斯不願意離開心愛的人更遠，但她可以隨他遠赴他鄉嗎？她在他出發前能好起來嗎？年關將近，對家庭溫暖的懷念也愈深刻。賈桂琳的聖誕節是自己一個人在床上過的，沒有人邀請她，她看了左拉的《萌芽》（*Germinal*）。

「今晚，我心內升起了一股無邊無際的憂傷。想起去年的聖誕節，我正躺在醫院裡，奄奄一息。還有前年的耶誕，我也是生病，不過躺的地方是奧斯威辛的醫務室。我臥在一張簡陋的床上，只能裹一條薄被禦寒。能下床的病友聚在一起跳舞，唱著一支讓我永難忘懷的歌，其中有兩句是這樣唱的：『nach jedem Dezember, kommt wieder ein Mai（每個十二月都會過去，五月將再度來臨）』。我就想，要是我能捱過這個冬天，春天時我們一定可以出去。那個冬天真的不容易，但我熬過來了！一月十八日，我們必須撤離奧斯威辛，用走的。俄國人一直在推進，所以要走得很快，夜以繼日地趕路。氣溫零下二十度，高燒三十九度。我挺住了，而且我還會一直挺下去！」

波里斯的回憶則沒那麼悲慘，甚至有點滑稽：「我還記得四四年的聖誕，我們跟一個在廠裡工作的德國女孩訂了一隻貓。不過她父親沒時間殺貓，所以她就直接抓來給我們。可是，有警衛在那兒看著我們。我們把貓放進一只袋子裡，藏在樓梯下面，那貓不時會喵嗚喵嗚地哀叫。我們好像坐在熱炭上那樣，深恐被哪個德國軍官發現。不料突然之間……警報響了，天上全是美國人的飛機，大家開始亂跑……這簡直是千載難逢的機會，我們抓起袋子躲到廠房後面。不一會兒，神不知鬼不覺地，貓頭砍了，皮也剝了。我們五、六個人終於幸運地吃到了我們的『聖誕大餐』，滋味美妙極了！很像兔肉——至少吃過的人都這麼覺得——也許是為了不讓旁人聽了覺得太噁心……」

他又寫道：

「在營裡，凡事我會自己想辦法。有時候病了，胸口刺痛，不過也沒倒下去，一直工作到午夜，甚至更晚，我知道這樣一個人可以分到三百公克的麵包。我也幫德國人的小孩做玩具，換來的麵包就跟隊友們分享。我會做飛機、坦克車、湯匙，甚至那種女人穿的摺疊式涼鞋，有黑色鑲紅邊的真皮鞋帶——我還記得一雙可以換五公斤的麵包！為了讓大家的心情好一點，我喜歡講笑話，逗大家開心；我會吹口琴，耍口技……『馬賽曲』、『我的金髮美女』、『前進，人民』……歌聲可以讓我們的心裡充滿希望，覺得自己有力量去克服困難，繼續活下去，直到獲得自由的那天。讓別人開心的時候，我也忘了自己的煩惱。我現在做的也是一樣的事情，為了妳，也為了我。我還想再打一場勝仗，妳就是我的戰場。」

＊

這場戰爭的敵方，是因局部氣胸手術所引起的慢性化膿性胸膜炎。

＊

戰爭的意象無所不在。波里斯憶起一九四二年五月，他透過囚室的欄杆望出去時所見到的藍天一隅；當時他期盼著有一天再抬頭時，看到的將是沒有欄杆、沒有監獄，也沒有守衛的天空。

然而，一想到幾個月後他就可以到萊辛去和賈桂琳聚首，腦中浮現的竟是獄中的那方藍天。

開基神話

這份受阻於病苦的愛情、這則父母親如何得以結合的開基神話，讓我深深地相信：愛並非天生自然，而是極力爭取來的。在追求愛情的道路上，到處是必須以耐心和智慧去克服的荊棘和意外，但這些障礙，也讓愛情顯得更加珍貴。長久以來，我一直以為父母親是一對太過標準的模範夫妻，而我自己永遠也無法達成這種幸福美滿。我覺得自己完全被打敗了——儘管誕生於愛情可以給人力量，認為自己的存在也該像上一代那樣生機蓬勃和自信滿滿。

永浴愛河的佳偶，他們的祕訣在哪裡？大家都喜歡講他們怎麼認識、如何一見鍾情、蜜月期和情人眼裡出西施等等，但有誰會去提時光流逝及日常生活的柴米油鹽讓他們做了多少的調整、讓步？為了接納對方的不同，花費了多少工夫、手段，甚至伎倆——亦即從前人那種「旁敲側擊」的智慧？誰會去講他們如何超越衝突和對峙，如何平息怒火、解決爭端、冰釋誤會？

讀著這些信，我很好奇他們在一起生活後的前幾個月，甚至前幾年裡是怎麼過的。當他們終成眷屬以後，接下來的問題就是如何在極端現實的環境裡，去過好每天要過的日子，這時所需用上的智慧，恐怕並不亞於愛情：需要有一起走下去的決心和信心；不自大，不張狂，揚棄某些自以為是的態度；放下非常多的尊嚴，懂得觀察細節，一無所求地付出……

我很少看到他們吵架，也許他們都覺得要吵就進房再吵。不過我倒看得出來，他們有時會互相生很久的氣，時間可能長達一、兩天。那種氣氛，一方面讓人很難過，一方面又荒謬得令人發噱——他們的生活起居一切照常，但就是不跟對方說話，兩個人都不肯先讓步，這是一場小小的權力競逐，然後他們會自己嘲弄自己，一起原諒他們之間的這場爭端。於是生活又恢復正常，我鬆了一口氣。

在我面前，他們自然而然地團結一致。孩提時代，我每要求母親什麼，她就會對我說：「去問爸比」；我若轉頭去問父親，他卻回答：「去問媽咪」。我就這樣兩頭奔波，直到他們取得協議為止——如果他們之中有一位不答應，我幾乎可能從另一位那邊取得授權。他們喜歡一唱一和，那條愛的橫竿被擺在很高的地方。

有一天我也可以跳過去嗎？我問自己。要如何做才能到達同等的高度，卻不必複製這樣一對契合到幾乎令人窒息的伴侶？我從很小就模糊地意識到自己需要更多的自由，我嚮往某種混合了真心交流的親密感，卻又希望兩人也有各自忙碌、交友和獨處的時刻，可以在兩人世界之外獲得成長。父母親的互動模式，讓我成了一個很能跟自己玩的小孩，我不怕空虛寂寞。如果我不能出去玩，我就得想辦法自己排遣時間——一段線頭、一塊黏土、幾只木偶、大大小小的盒子、碎布片等等，無論什麼東西都能激起我無限的想像。孤寂之中充滿各種歡樂的回響。遊戲，構成了最初的內在性。

當然，我也有鼻子壓在窗玻璃上默望著在人行道上經過的路人和小狗的時候，但從來不會太久。我講故事給自己聽，發明一些偉大的旅程。識字之後，閱讀更擴大了我的想像範圍。到了懂得愛情的年紀，我更確定自己需要獨處的時刻——「一個自己的房間」，誠如維吉尼亞・吳爾夫（Virginia Woolf）所主張的，因為她那個時代的女性在家中尚無自己專屬的空間。而我，我有一個書房，可以讓我把自己關在裡面，那是我的地盤，即使是我所愛的人，進來之前都得敲門，我不能沒有這樣一個空間。

寫作，成了我的遊樂場，我推敲著用字、斟酌著音韻、思考著該用什麼樣的抑揚頓挫來表達某種無限深刻的內在，以便能和他人分享。對我來說，愛就體現在這種擺盪於內省與分享、孤獨與陪伴之間的運動中；愛就像一個搖搖晃晃走在鋼索上的特技演員，分分秒秒都在摸索新的平衡點。

警示

咳血

一九四七年一月二十二日，賈桂琳感覺喉嚨彷彿著火似的。她覺得很奇怪，整天待在病房裡的人怎麼可能扁桃腺發炎。她又想起兩年前的今天，一九四五年一月二十二日，她正悲慘地拖著她那把「只用破衣遮著的可憐骨頭，在冰封的路上從波蘭走到德國。兩條腿又紅又腫，腳上的拖鞋都被積雪打濕了，飢火中燒，氣溫是零下二十度，但我口乾舌燥。我們十八日自奧斯威辛撤離。前一天我還躺在醫務室裡，高燒三十九度。然而你相信嗎？八天後走到拉文斯布魯克（Ravensbrück）時，我竟然連一點小感冒也沒有。我的燒退了，但可以到醫務室去睡的理由也跟著沒了。醫務室無論如何也強過在一間四面漏風的屋裡打地鋪，每天夜裡動不動就會被踩到，沒有人會注意你凍僵的腳。我想一九四五年的一月二十二日那天，為了能夠去睡在一張溫暖的、鋪著床單的床上，喝點熱湯，即使條件是讓我少活個十幾二十年，我都會非常樂意。」

萊辛，一九四七年二月十七日

波里斯，我親愛的：

星期一，早上八點半。醫生不許我寫東西，但我怕你收不到信，然後我被一封電報弄得更加寢食難安。昨天早上，我出現了咳血的症狀，這是我這輩子的頭一遭！凌晨的時候，短短一秒。我現在覺得很虛弱，但我想一切都會好起來。你的信讓我感到無比的快樂，但我不知何時才能回覆你的信。

原諒我，親愛的。

我強烈地思念著你。要知道我愛你勝過世上一切。我溫柔地吻著你。

完全屬於你的　賈姬

布魯塞爾，一九四七年二月十九日（限時信）

我親愛熱愛的小賈姬，我的所有：

星期三早晨。廠長方才過來將妳的信交給我，那麼單薄，打開來裡面只有一張信紙，但這已耗損妳太多。親愛的，我有種頹喪的感受。為什麼還會這樣？妳吃過的苦頭還不夠多嗎？為什麼不讓我一直愛著妳？親愛的，告訴我，妳和我究竟做了什麼，而必須再度承受這些新的苦痛？磨難永遠不會停止嗎？

除了希望妳好起來，其他我什麼都不想了，這次復發不過是暫時的，它只會讓我倆結合得更緊密，從此更加相愛。許久以來，我就只屬於妳一人，以後我們兩個就是一體了。妳我的未來休戚與共、息息相關，妳要把自己想像成一個女英雄，妳一定要奮戰，直到最後的勝利：與我相守到老。答應我快點好起來！我求妳。妳是我的媽媽、我的姊妹、我的妻子、我的寶寶，我的小賈姬，妳是我的所有。他們已經奪去了我所愛的一切，現在還要將妳搶走，不不，我絕對不會讓這事發生。如果妳無法寫信，也許妳可以請朋友幫忙代筆數行。

我有點著涼了，躺在床上，可以盡情地思念著妳。妳要和我一起活下去！我珍惜妳，愛撫妳，照顧妳。許多纏綿的吻。

妳的波里斯

護士的來信，一九四七年二月二十日

先生：

應賈桂琳的要求，於是我提筆給您寫了這封短箋。她有一些咳血的症狀，使她必須完全地靜養一陣子，所以她現在不能亂動。她煩惱著接下來也許有段時間無法給您去信，所以我先在此告知您她的近況：儘管不是很有起色，但也不至於太令人擔心。我是負責照顧她的護士，知道賈桂琳渴望活下去，她有強烈的求生意志，應該可以克服疾病的嚴酷考驗。我非常確信您如果能給她寫封長信，定能激發她再接再厲的勇氣，或者更理想的，是您的探視，不過我曾聽賈桂琳說過簽證辦理需要很多時間，有著實質上無法克服的困難。

但願這封信能夠為您捎來賈桂琳會寫在她信中的一切，以及她心中所想到卻暫時無法表達出來的東西。

請您放心，我會盡心盡力地照顧您的朋友。

敬祝平安

O．L．

下面還附了一段賈桂琳的話：

波里斯，我親愛的：

別忘了我非常非常地愛你，我所有的心思都在你身上。我要為你活下去，我的親親！我沒辦法寫字，視線非常模糊。要是能見你一面就好了！我用我所有剩下的力氣來擁抱你。

永遠溫柔地愛著你的小賈姬

又：媽媽還不知道！

布魯塞爾，一九四七年二月二十日

我的賈姬，我的小親親，我的一切：

從昨天開始，我便一直煩憂著。從寄出對妳那封小小的信的回覆以後，我就坐立難安。我已經把一切都想過了，我希望妳現在已經好多了。親愛的，我愛妳，心裡感到很痛苦，我再也不能這樣下去了，我想要給妳一切，最好的一切。跟妳在一起是我最大的幸福，妳知道我無法一人獨活，我需要一個媽媽。我們能夠相遇，是一個真正的奇蹟，我們以一種獨一無二的方式相愛著。妳知道，在妳身上，我找回了我曾經失去的一切。我哭泣，我祈禱，我愛妳，我愛妳！我求妳一定要好起來。親愛的，我吻妳，我緊緊地擁抱妳，我要吻妳幾百萬遍。

永遠是妳的　波里斯

布魯塞爾，一九四七年二月二十四日

親愛的親親小賈姬：

星期一晚上。我今天又開始上班了。妳請護士小姐寫的信是昨天早上到的，衷心感激妳們二位！星期五晚上，我曾致電妳的醫生，和他在電話裡談過之後，我放心多了。我等了兩個半小時，電話才接通，當時覺得自己要瘋了，但我總算沒有白等。然而在星期五之前，真有如度日如年，尤其是醫生拍來的那封電報。這些，幸好現在都過去了，就別再提了。我得說妳真的是很會選時間，當下讓同樣也病倒的我，覺得自己竟如此無能。為了回覆妳的電報，我發著燒出門，我的朋友卡夏知道了便罵我。星期六，我到瑞士使館遞了件，申請簽證。妳瞧瞧，這會兒一切順利，通常需要三個禮拜的，但我想這次會快些，他們把電報也附在文件上了。因為必須有親屬關係，所以我對他們說妳是我的表姐。我得趕快出發，因為我堂叔在三月的第一個禮拜就要到了，屆時我不能不在，小賈姬請妳諒解我。

妳要好好地休養，再忍耐一下。我擁抱妳，愛撫妳，用我所有的情意、許多吻。

一如往常屬於妳的　波里斯

電報，一九四七年三月一日

「艾瑟小姐病況仍未見起色盼儘速辦理前來瑞士手續

簡納瑞醫師——葛蘭會館療養所——萊辛」

萊辛，一九四七年二月二十七日

親愛的波里斯：

我現在覺得好一點了，所以起來想給你寫幾個字。

我的親親，不可以那麼快就失去勇氣。假使我真的出了什麼狀況，我想無論如何也來不及見你一面了。你又能如何？我的小波里斯，人生就是如此。一旦我們的時候到了，說走就走，哪還會去問誰的意見。總之，所幸的是，我的皮還夠硬，正所謂「劣草不死！」

你的電報讓我感到無比的欣慰。

我還不能移動身體，已經在這床上的同一處凹陷裡躺了十天了。我有一點點發燒，此刻我的雙頰似著火般。還好沒被醫生看到我在寫信，他罵起人來兇巴巴的。

即將見面，我全心全意地期盼著。要常寫信給我，即使只有寥寥數語。我是那麼地需要你那些令人振奮的來信！

一直是你的小賈姬

一九四七年三月十二日，一封電報捎來波里斯即將抵達萊辛的消息，他會待四天：

「賀生日——星期五下午——波里斯。」

父母的房間

關於父親那次在萊辛的短暫停留，我幾乎一無所知，只能從他們的信中找到一些蛛絲馬跡。重逢的喜悅，經過最初幾個月的通信，他們再度見面時會如何互動？

我也不曉得母親在遇到父親後，曾經一度病危。當時他們才認識幾個月而已，而這一切差點就化為烏有。波里斯應該是個對生命很有信心的人，不然怎麼敢就這樣和一個病得這麼重的女孩子交往？

我們對自己父母的愛情故事能知道多少？他們跟我們隔了一代，我們和他們永遠不會是同時代的人，他們屬於另外一段歷史，和我們的不一樣，也不可能一樣。我們出現在他們的故事中，卻無法知道故事是怎麼來的，只能試著揣測、描繪出幾個輪廓，而我們竟還是這故事打造出來的。奇異的弔詭：小孩子對自己父母之間的愛戀關係，既不願知情，又想一探究竟。父母的房間，讓他感到十分好奇，他極力想聽出什麼名堂，但當父母親在他面前做出親熱動作時，他會把視線移開；他深深相信自己的父母只發生過一次性關係，為的是把他生下來，在那之後，他們之間理所當然是清白的。把自己的生育者看成也有七情六欲的男人和女人，是件很困難的事。在一個孩子的眼中，父母除了是父母之外，別無可能，他們存在的目的就為了給我們教育、食物和講故事。然而，即使年紀尚小，我們也能從一些偷偷摸摸的表情、意想不到的舉動和令人百思不解的話語，強烈地察覺到大人世界裡有種我們無法捉摸的東西。家中櫥櫃裡也許會擺著他們結婚時的相片，但兩人夾雜在一堆親戚朋友中，幾乎看不出來是一對。夫妻關係意味著什麼，完全超乎我們的想像，這是一種事實，也是個謎。

夜裡，他們兩個一起睡在那張大床上，運氣真好，有人可以作伴。我們卻只能就著小夜燈的幽光，用指頭輕輕地搓揉著枕頭套的布邊，從那些絨毛玩具上得到些許慰藉。我們給自己發明了一個想像中的朋友，我們的複製版，我們可以跟他一起築巢，再也不必害怕黑暗。

有時候，父母親會在晚上出門：如火如荼的行前準備工作，一股香水味兒——香奈兒五號——會突然散開來，美麗的衣裳接著登場。穿著黑色晚禮服的母親遞給父親一條項鍊，要他為她戴上。有時他也會沿著她的背，幫她把拉鍊拉上來，或扣上幾個小釦子、小鉤子。這些動作總令我感到十分眩惑，那是當年我所能想像一個男人和一個女人之間最性感、最刺激的事吧？我現在很喜歡在一些五〇、六〇年代的老片中看到這樣的動作，這是我所珍愛的童年印象之一。

父親刮了那天的第二次鬍子，刮鬍子的泡泡和刮鬍水讓他變得很好聞。他穿上一件熨得平平整整的乾淨襯衫，以一種很特殊的指法，把袖釦塞進袖口上特別開出來的縫裡（那袖釦的花樣還是他大哥設計的，由一個大寫的F和一個大寫的B所構成），接著在好幾條領帶中挑出晚上要戴的。他會問母親的意見，對著梳妝台的鏡子，把領帶一條條拿起來往脖子上比，看哪條效果最好。這些領帶全是絲質的，是他去義大利出差時買回來的。他蒐集了非常多的領帶。我十三歲那年，曾經在倫敦幫他挑過一條米色和藍色調相間的領帶，他戴了很久；後來我在清空他的衣櫥時，又發現了它。

母親在我九歲以前（她還沒出車禍時），都會穿高跟鞋。偶爾她會讓我試試看，但不常發生，因為她怕我笨手笨腳地「扮夫人」時，會把鞋跟折斷。一個我覺得跟我完全處於不同國度的媽媽，穿著那麼高的鞋，她究竟是怎麼走路的？我有天是否也要學習這個，才能變成女人？這樣的前途令人感到恐懼且不可思議。

出門的時候，媽媽都會帶一個晚宴用的小包包——通常是黑色的，而且晶亮得像珠寶。包包裡裝了繡著她姓名縮寫的細亞麻手帕、一面小鏡子、一支口紅和一柄牛角梳子。此外她還會帶上一瓶迷你噴霧器，免得晚上流汗時，沒香水可噴。指甲在出門前也要很仔細地修過，再塗上蔻丹。接著有好一會兒，十隻手指頭張得開開的，嘴巴還往上吹氣，讓指甲油乾得快些。我很愛在一旁看著這些準備工作，那是一場我無法參與的表演後台，但我獲准得以目睹他們的蛻變過程。一直到今天，我還是喜歡躲在紅色幕簾的後面，偷看化妝室的藝術家們，如何精確神準地將現實化為幻象。

我悶悶不樂地注視著父母親離去。穿著深色大衣的他們，高雅而莊嚴，還不忘叮囑我早點上床。他們或者上朋友家，或者去聽音樂會、看戲，總之是去一些我不得其門而入的神祕地方。也許有一天，當我長大之後，我也可以像他們一樣？我有一天也會披上嫁紗嗎？即使白色並不適合我？在父母親的身旁，我們是否永遠長不大？

四七年的春天

大自然的奇蹟

回到布魯塞爾後，波里斯捎來了工作上的好消息——他的堂叔喬從加拿大過來，跟他談了很久——波里斯在製衣廠學技術已經一段時日了，現在堂叔想把他調到業務部門去。堂叔來布魯塞爾的時候，他便擔任他的祕書。堂叔如果不在，他就是全權代表。

「……我的前途？資本家，布爾喬亞，財閥！他給了我一個領導的位子。如今我終於可以開始為妳、我的未來做出一些規畫了。我手上握有全部的王牌，我不用再到工廠去，不用再被困在四面牆壁中，眼前一片海闊天空。我的收入也會增加，我的腦子裡從今天早上起，就都是美金、尼龍絲襪、套頭毛衣，貨一船又一船地出，數以百萬計的營業額、電報、信和發貨單……某種『獨家祕方』，一流的！」

萊辛，一九四七年三月二十六日

我的小波里斯：

天氣很糟，我們只能用鼻子壓著窗戶往外看。我想起在集中營的時候，無論風霜雪雨，都得去參加那沒完沒了的點召，記得那時就只有一個想法……有個蔽身之處……一張床，不要受凍，也不必再挨餓……我的餘生能有這些就夠了。現在這些我都有了，還有一個誰也比不上的人愛著我，我還求什麼呢？

萊辛，一九四七年三月二十九日

我的波里斯親親：

幾天前倪克德大夫看了我的片子，驚嘆道：「您可真是一個大自然的奇蹟！」似乎照出來的X光片，顯示我的健康在很短的時間內有了極大的改善。

萊辛，一九四七年四月一日

我親愛的小波里斯：

我會服用一些滴劑來刺激我的胃口，但效果可能不會很快，甚至可能非常慢。

對了，你大概什麼時候可以過來？五月、六月還是七月？你覺得這一次簽證會很快就下來嗎？

我記得曾經跟你說過，我總覺得爸爸會派一雙強壯的臂膀和一顆深情的心，來替代他的位置。你想，我會不會也是你媽媽挑選給你的呢？好讓我取代她來愛你、疼你、愛撫你？

萊辛，四月七日

那天媽媽問了倪克德大夫：「我哪個時候才能帶我女兒回家？」他便問我：「妳來多久了？」，「十個月！」，「那好，再過十個月吧！」。

我很願意相信他說的是真的，因為十個月對我而言其實沒那麼久。有一個期限，可以每天算日子，是一種很奇妙的感覺！就像在集中營的時候一樣，只要知道何時……時間好像就會過得比較快。而不幸的是，現在不只是時間的問題而已，我還得痊癒。

日復一日，我拆開他們的信

日復一日，我將他們的信拆開、看過、抄起來，藉著這漫長的謄寫工作，來排遣自己無依無靠的悲哀。我可以感覺到他們回來了，就在那邊，漂移不定，這種前所未有的感受，令我既激動又困惑。我試著去想像他們年輕時的樣子，拿起當年的照片仔細端詳——都是小小張、有鋸齒邊的黑白照。我把它們散置在書桌上，和他們的信件並排。母親有張五官細緻的長臉蛋，額頭寬闊，大眼睛又黑又亮，唇形豐潤，一頭波浪般的長髮。她臉上的線條因病而顯得憔悴，但帶有某種果斷；父親的外型看來頗似好萊塢演員，穿著有些鬆垮的西服，他笑起來很輕快，清澈透亮的藍眼珠，鬈髮全往後梳，戴著一副鏡架細得幾乎看不見的圓眼鏡。他看起來愉快而有自信。

這些照片見證著他們在萊辛時的邂逅——後來還有在盧塞恩（Lucerne）、羅卡諾（Locarno）、蒙特魯以及萊芒（Léman）湖畔等度假勝地的合影——通常是忍耐了數月相思之苦後的短暫聚首。而在那些歡喜團圓的日子裡，就沒有信件或隻字片語留下。

在其中的一張照片上，我認出了母親拿的那個手提袋——之前清理她的遺物時，曾在一座衣櫥裡見過它，被收得穩穩當當的。原來這個包包她自一九四七年就有了。我也將它留了下來，為了忠誠於她的忠誠。物品是我們的人生良伴，它們訴說著我們的行事、我們的習慣，它們如影隨形，已成為我們私生活的一部分，肩負著我們最微末且最堅定的自我認同。

一個包包，有點像是我們會拎著出門的「我」，乃各種不可或缺之物的集合：一條手帕、一柄梳子、一張公車票、幾支鑰匙、藥、身分證、紀念照、錢、紙張、一枝筆、一管口紅、一本聯絡簿、一個護身符、幾粒糖果、用過的車票、傳單、帳單、一個鈕釦、一把指甲銼刀、一根髮夾、一條圍巾、一張市區地圖、讀物、一瓶香水、一面小鏡子、一封情書……

讀信和抄信的工作進行了幾個月之後，就停頓下來了。我需要新鮮的空氣，需要回到我自己的人生常軌上，需要去整理我的花園，需要閱讀。再沒有比閱讀更令我快樂的了：卡夫卡、杜斯妥也夫斯基、漢娜鄂蘭、內米洛夫斯基、莫蘭特、莒哈絲、馬利弗、華頓（Edith Wharton）、莫泊桑。還有永遠的巴爾札克和普魯斯特。

夏天過後，我重新打開那三個裝信的大盒子，盒中信件發出一種淡淡的凋零氣味。我將信件取出，開始數了起來，把未曾編號的編上號碼。在這些信封上添上自己的筆跡，讓我感到有些彆扭，但我想不出其他的方法。我審視著信封上的郵票、郵戳和地址。我發現還沒讀的信竟然那麼多，頓時感到心灰意冷，我再也不想抄了，抄寫的動作讓我對它們感到疏離，甚至無趣。我只想當一個純粹的讀者，慢慢地品味它們，一封又一封，沒有壓迫感。我有個小發現：父親信中曾提及自己的父親喜歡讀書寫作，這讓我感到很親切，好像又有點找回了這個俄羅斯祖父。

一九四七年春。波里斯到安特衛普（Anvers）去拜訪他堂叔喬的阿姨。她過去跟波里斯的父親很熟，跟他講了許多他不知道的小故事，波里斯很高興地寫下來跟賈桂琳分享：「父親似乎非常嗜好讀書，尤其是文學方面，他遍覽群籍。阿姨甚至說：『讀得太過頭。』她相信他如果不是那麼短命，一定能夠寫出自己的作品。一九〇五年時，他曾用一台小機器為社會黨或是進步黨印傳單。」然後還幽了自己一默：「原來我來自一個有著古老革命傳統的家族，妳怎麼還敢叫我布爾喬亞……」

我只見過照片上的祖父，是一張特寫，照片中的他還很年輕，應是攝於一九〇〇年左右。他的五官很細緻，有著深色的頭髮和炯炯有神的淺色眼珠、聰明而憂鬱的眼神、兩道細細的八字鬍，那種二十世紀初男性流行的樣式。他有種詩人的氣質，我覺得他很好看，很迷人，渾身籠罩在一層神祕的光暈中。我只曉得他曾經是工程師，也許在他姊夫的工廠裡工作——可能跟石油有關？總之他也是個知識份子。父親因此也想跟他一樣，成為一名工程師。

從這個悲劇性地斷送了性命的男人身上，我曾遺傳到什麼嗎？我多麼希望能夠聽他說說俄國的往事。他比較喜歡托爾斯泰？果戈里？契訶夫還是杜斯妥也夫斯基？他曾經去過很多地方旅行嗎？他是怎麼認識我祖母的？他們互相喜歡對方的哪一點？他們住在聖彼得堡（在他們那個時代先後易名為彼得格勒、列寧格勒，之後才又恢復原名）的哪裡？他們對人生有過什麼樣的期待？他們各自的家庭狀況又如何？他們星期天，還有晚上都做些什麼？

當年母親開始進行族譜調查時，之所以會讓我覺得很神奇，而且有種受到束縛的奇怪印象，就在於那種不容質疑、有如數學般地將我們和祖先連結起來的限制性。我來自於——而且只能來自於——我的兩位父母，並來自於我的四位祖父母、八位曾祖父母、十六位高祖父母、三十二位天祖父母、六十四位……就只能來自於這些人，沒得選。想到人就這樣一代接一代地被釘在某張族譜上，怎能不令人不寒而慄？

母親對她娘家的族譜調查，上溯得夠遠，父系、母系兩邊都一直追溯到十七世紀。我一直還沒能花時間去研究她費盡心思所重建出來的世系表。她也曾對父親的家族進行過短暫且困難重重的搜尋。有一天，我一定要好好地來研究這些目前因語言之故對我仍猶如天書的檔案。我讀德文已有些吃力，更不識俄文，何以父母親當初認為並沒有必要讓我學會這兩種語言？我可以想像他們對德文的矛盾情感，但這和他們的生活環境亦不無關係。那時我還小，雙親正在跟比利時政府申請歸化，不願讓人議論說兩人不但用外國話交談，甚至還教小孩講。

他們其實也不是好老師，我很小的時候，有時想用德語來表達，他們就會潑我冷水、糾正我的發音、一直抓我的錯處，後來為了不要自找麻煩，我就放棄了。德文之於我，一直有種奇異的弔詭，它是一個我熟到不能再熟的外國話；我聽人講德語時，可以懂得一部分。那些聲音撼動著我，幾乎就像是一種充滿鄉愁的內在曲調。在維也納時，我曾聽見自己說了好幾天的德語，但一離開該城，我的嘴又被封了起來。

何以父親從未有過教我俄文的念頭？雖然他自己的俄文也不盡完美，

他的俄文大概在青少年時期就忘光了，不過，當他被拘禁在德國的那段期間，由於獄友都是同鄉，他又重新學會了自己的母語。我幼時父母親來往的朋友全是俄國人，為何他們什麼都沒教給我？他們是不是覺得新生活、新環境，以及終於又降臨的和平與安全，比其餘一切都重要？他們的母語屬於過去，也許他們不願再想起？但我覺得不會這兩種語言，就好像被人從身上切掉兩塊似的。我和自己的根源斷絕了連繫，只能不得其門而入地遙望著列祖列宗——我們之間有一道阻礙。我哪有能耐在那些檔案裡挖掘，找出我俄羅斯先人的足跡？我要花多少力氣才能看懂母親蒐集的那些大部分以哥德體寫成、關於德國祖先的資料？

在父母親最後的幾次出遊中，某次曾途經聖彼得堡——他們是從斯堪地那維亞搭船過去的——只停留了一天，甚至不過夜。他們刻意在逃避什麼嗎？父親難道真的不想回到他出生並住過好幾年的地方看看？他們的老家現在變成什麼樣子了？他們後來碰到一件怪事，在我看來就像是潛意識在作祟：他們想要去參觀隱修士博物館（Musée de l'Ermitage）。為了避免母親爬太多樓梯，於是問人怎麼搭電梯上去，結果他們找來找去，發覺裡面跟迷宮似的；他們穿過一個又一個房間，走過一道又一道的長廊，但就是到不了陳列畫作的展覽室。他們筋疲力竭，完全失去方向，萬念俱灰之餘只好另覓出口，最後什麼都沒看到，就離開了隱修士博物館。

「你在聖彼得堡什麼都沒看到，什麼都沒有。」（語出一九五九年法國導演雷奈執導、作家莒哈絲編劇的電影「廣島之戀」。劇中男主角對女主角說：「妳在廣島什麼都沒看到，什麼都沒有。」女主角回答：「我全部都看到了，全部！」）

愛的語言

突然之間，我發現一件雖尋常卻令人訝異的事情：父母親在使用法文通信！法文容納了他們最初的熱情，後來他們也一直使用它來交談、通信。然而他們兩個人的母語都不是法文。父親的嬰幼兒期在俄國度過，母親則是在德國。父親離開故鄉後第一個學的是德文，接著是荷蘭文，而法文要直到一九三八年，十五歲的他遠離家人前往沙勒羅瓦求學時才學會。母親於一九三三年初抵史特拉斯堡，也已經十二歲了。對她來說，法語象徵著自由、活力、一個充滿新希望和喜悅的世界。她是個意志堅定、奮發向上的女孩，從此認定了法蘭西是她真正的、熱愛的祖國。戰爭期間她參加抗德組織，為了活動所需，取了一個化名：賈桂琳。相較於她那登記在出生證明上，念起來很日耳曼的前名：艾迪特——一個她已經打算不要了的名字——她覺得賈桂琳這個名字法國多了。

一九四四年七月十日，母親在格勒諾布爾遭到蓋世太保逮捕時，用的名字是賈桂琳．莫尼耶。後來被送進奧斯威辛，有人去密告說她是猶太人，因此她的前臂上有兩個無法抹去的藍墨水號碼：第一個是「87196」，被槓掉又刺了第二個「A29299」。

我不曉得這種情況是否很普遍，從來沒有人能夠告訴我這些。母親的兩種認同就這樣被刺在她的身體上：一個是她的原生家庭；一個是她的自由選擇。後面這個，她看得比什麼都重要。

母親晚年時曾提出申請，希望將這個她已由衷視為己有的化名，正式更正為真名。無論是在文法還是文化背景方面，她也一直在精進自己的法文程度。她雖然移民比利時，但仍不願放棄她那深以為傲的法國口音——

因為在杜爾住過好幾年，所以她喜歡對人宣稱自己講的是「杜爾腔」。

至於父親，他的法語則帶有一種難以辨識的外國腔，大概是由俄語、德語和他個人特殊的發音方式混合而成，他偶爾會被誤認為瑞士人。法語中最令他困擾的是名詞的陰、陽性；為了不要弄錯對陰性的配合，他傾向把名詞都當成女生。文法中關於陽性主導的規定，對他而言恰好相反——他信上會刻意把所有的形容詞都寫成陰性形或陰性複數形，連講到自己時也不例外。多虧了他，我從來不覺得當女人有什麼不好。

他們為什麼不用德文通信呢？應是再也無法用這個侵略者和殺戮者的語言來談情說愛了。自始至終，他們的信中找不到一絲猶豫，全部以法文寫成。他們對襁褓中的我說的，也是這種語言。倒是父親曾數度提及他正在看德文書，尤其是歌德和湯瑪斯曼的作品，母親則認為自己已經沒有那個力氣。後來，我發現他們兩個都會去看好幾種語言的書，包括德文在內。如果不想讓我聽懂的時候，他們也會用德語交談，直到發現其實瞞不過，這時他們就會改用英語。步入中年後，他們曾一起去學過義大利文，父親比較敢講，滔滔不絕（雖然錯誤一大堆）；至於用功且凡事要求完美的母親，說出來的句子都正確，但速度非常慢。我們之間會拿此事來開玩笑。

父親生前和我的最後幾次交談之一，是在醫院裡，那時他還用義大利語講了一句俏皮話，但事後我無論如何想不起來是哪一句。從那時起，我就一直苦思到現在。難道我就是注定無法擁有爸爸的話嗎？

宗教情感

通了一陣子的信之後，賈桂琳向對方提及她的信仰歷程，波里斯也說了自己的。原來賈桂琳的父親是個自由思想派，母親則或多或少算是信徒，而她的外祖父母對各種猶太習俗和節日卻是奉行不渝，也培養出她對這些事物的情感。但她自從上了高中，就很少想過神，連父親亡故或在奧斯威辛的時候也不例外；恰恰相反地，她從未像在集中營時那麼無神論過。

「那麼多的無辜生命遭到殘殺，老人們一面禱告、一面哀嚎，還有那些甫出世就被送進焚化爐的孩子」讓她「無法再相信任何神的公義」。要活下來，只能靠自己不屈不撓的意志力。不過，她並非完全沒有尋求過宗教慰藉和神存在的可能性。「那是去年，一九四五年聖誕節前後，我病得非常、非常厲害，如你所知，我那時住在一家由修女負責的醫院裡。我以為自己大限不遠了，再也沒有勇氣和病魔對抗，於是我聽從了修女先前給我的建議，開始禱告，希望能夠找到信仰。剛開始時很困難，但漸漸地，禱告讓我得到很大的平靜，我很高興自己至少還有這個避風港。我很誠心地禱告——如果沒有誠意，我想我也不會這麼做了。我每天晚上都禱告，尤其是在每次進開刀房以前，這可以讓我感到比較有勇氣、比較堅強。我的禱告方式很特別，跟所有宗教的禱告方法都不一樣：我最常向爸爸禱告，希望他守護我，給我承受病痛的勇氣。等到我的健康漸漸恢復時，我也感到自己的信心衰退了，於是我的禱告就不再那麼熱切，這點讓我很自責。初至萊辛時，我還禱告過幾次，之後，就突然停頓下來了。現在我不禱告了，但贊成神有一定的重要性……」

波里斯還記得七歲時第一次去猶太會堂的情景。那天是贖罪日（Yom Kippour，猶太人最重要的節日，在每年的七月初十，也就是猶太新年後的第十天舉行），人多得不得了，他覺得無聊得可怕。他想找個什麼好玩的，東張西望，一無所獲。乖乖待了一個小時之後，他又開始翻自己身上的口袋——左邊，啥都沒有；右邊，也沒……咦？有了，有個硬硬的東西，瞧瞧是什麼……把東西從口袋裡掏出來一看，哇！一個真正的拉炮。

「太棒了，我有救了。沒有人注意我，於是我將那個拉炮一拉。結果就嗤……嗤……喀……碰！每個人都轉過頭來看我，大聲抗議，怒氣沖沖。從那天以後，我那些叔嬸堂兄姐們，每次帶我上會堂前，都會再三檢查我有沒有在口袋裡藏鞭炮。一九三六年，我行了成年禮（bar-mitsva）。一連好幾個禮拜，我得把我十三歲生日的那個禮拜六要唱的詩篇背得滾瓜爛熟。從那天起我便想成為虔誠的教徒，只是一九三八年以後就再也沒有這個想法了。不過，儘管不上會堂，我還是信我自己的神，早晚都會向祂禱告。」

我小時候，父母不會跟我談論宗教，他們兩個人都失去了信仰，自認為是無神論的猶太人。他們的猶太人身分來自於對民族歷史的認同，和千年來所受到的迫害。還記得外祖母每個禮拜五晚上都會點蠟燭，每逢重要節日也會到會堂去，星期六早上偶爾也會先去會堂，再到跳蚤市場去逛舊貨攤。父母親每逢贖罪日也會齋戒——「以示團結」，母親說。

不過，說到他們每年一定要過的，還是非「光明節」（Hanoukka）莫屬，因為這才是最歡樂、最明亮，孩子們可以大啖糕餅糖果和大玩陀螺、大聲歌唱的大好日子。每年到了這個時候，父母親會滿懷矛盾地返回德國，因為那不僅僅是納粹的野蠻國度，也是——說來令人痛心——

他們兩人度過童年的地方。他們去那兒買丁香和桂皮口味的香料餅，這是一連八天的光明節中，在第一晚要吃的東西。母親還會做一種叫拉特喀（latkes）的油炸馬鈴薯餅，佐蘋果泥一起吃，她稱這道菜為「天與地」（Himmel und Erde）。這道傳統菜之所以用油炸，或許是為了紀念猶太人在收復飽受希臘人蹂躪的聖城之後，用僅剩下的一點油來點燈，結果竟然能奇蹟似地連點了八天。

光明節通常都在十二月的聖誕節前後或同時舉行。兒時的我，常抱怨家裡怎麼不裝飾聖誕樹，我們年底常去瑞士山上的一家小民宿度假，我就很喜歡參與他們的聖誕節布置工作。復活節的禮拜日，外祖母會把巧克力做成的空心蛋，藏在花園裡的鳶尾花叢和黃水仙之間。碰上猶太人的逾越節，連續好幾年，我們都會去同樣的朋友家裡過。我喜歡過節時那種同聚一堂的歡樂氣氛，除此之外，宗教儀式沒有別的意義。我所信奉的猶太教是純粹情感上的。用佛洛伊德的話來說，這是某種內在而「神祕」的事情，是喜悅的一種表現方式。*Die Freude*（歡樂）。

快點，快點

萊辛，一九四七年五月一日

我的小波里斯：

　　五月一日，這個日期，喚起我多大的回憶啊！我聞著第一批鈴蘭那醉人的香氣，想起從前凌晨三點起床去喝「五月奶」的情景，那是杜爾當地的舊俗。一大早，天還沒亮就起床，走到郊外去，青年男女攜著杜爾出產的美酒，捧著大把大把的鈴蘭，在那兒聚會跳舞直到天亮。所有的路上都擠滿一群群興高采烈的年輕人，臂挽著臂在高歌。啊！這是多久以前的事了！距離我第一次踏上法國國土，也有十四年了。那天我所感受到的自由多甜美啊！十四年間，在法國，也為了法國，我活過、愛過、奮鬥過也受苦過。法國這片土地已經多少成為我的，法國文化就是我的文化，我衷心地愛著這裡的一切事物。儘管我還不是法國公民……

你問我比較喜歡你哪個時候來……七月十四日，那是最美的季節……

布魯塞爾，一九四七年五月五日

我熱愛的賈姬：

「快點……快點」，可是賈姬，妳沒弄懂我的意思，如果我這麼寫是為了提醒妳要小心，不要太勞累，要乖乖的；如果我寫下希望妳快點好起來的話，是希望妳不要忘了我有多需要妳，時時刻刻，日日夜夜，愈快愈好。

妳寫到五月一日的那段，讓我想起有好長一段時間，我也是個喜歡露營、搭便車、到農家借宿的人，但一九三三年希特勒掌權，然後就是「黑鄉」沙勒羅瓦，沒有同伴，不能講話……我們以後要好好補償自己，開著車到處去旅行，**我一定要帶妳遊遍全歐洲**。

妳提到了法國，這讓我想起我第一次見到妳的那個星期天，在妳床上就綁著一條很大的三色彩帶。那時，我對妳的印象就是妳很愛國……

我看了一支關於集中營的記錄片。我們死去的那些親人，有一天能夠還給他們一個公道嗎？納粹黨人難道不該被送上法庭受審嗎？什麼人又能還給我們一個爸爸、媽媽、哥哥和姊姊呢？什麼人？

萊辛，一九四七年五月五日

我的小波里斯親親：

我多麼希望在有生之年就可以知道，如果有天我死了——也許四十年或六十年後——還會不會有人記得我，偶爾到我墳上去看看。唉！我知道這場戰爭造成了數百萬的受害者，我們連他們的葬身之處都無從得知。我於是有個想法：為什麼我們不指定一天做為特別哀悼日，來紀念這些無名的受難者呢……人類的力量和美好，就在於他們能夠創造。喔，我多麼希望在離開這個世間之前，能夠創造出一些東西……讓這個世界記得我，在這世間留下我走過的足跡。我知道這會給人一種自視甚高的感覺，但或許主要就是這種傲氣，讓我在集中營，甚至在撤退的路上，都沒倒下去。我不想在一處不知名的地方孤獨地死去，沒沒無聞，從未有人聽過我是誰。

布魯塞爾，一九四七年五月十一日

我的小親親：

妳的體重能夠增加，真是太好了！我感到喜悅滿溢，多麼想現在就去找妳。再過一個月，我會去瑞士領事館填三張表格，然後，一個禮拜、兩個禮拜、三個禮拜，我就來了。再見！布魯塞爾。布魯塞爾、史特拉斯堡、巴勒（Bâle）、洛桑、蒙特魯、萊辛，我到了！當我抵達的時候，就可以看到一個胖嘟嘟的小賈姬了！

我也希望以後有人能來我的墳上獻花。母親節的時候，我總會想到我的媽媽，她應該會很喜歡認識妳，並知道她兒子是那麼快樂。我思念妳，數著日子。

妳的波里斯

萊辛，一九四七年五月十二日

我的小波里斯親親：

我要和你分享我的快樂……昨天，我爬上了一座小土丘。我不知你能否想像，爬上一道四十五度的斜坡，對一個數月來只能在床上度過的人而言，意義有多重大。我但願能把我此刻的欣喜若狂傳送給你：我重新有足夠的力氣，去做一些每個人都辦得到，而我卻一度覺得比登天還難的事了。

無止盡地愛著你的小賈姬

波里斯很想知道他們七月見面時，兩人能否在賈桂琳的病房有獨處的時刻。賈桂琳一邊數著日子，一邊讀維爾考（Vercors）——他最近才到大學療養所（Sanatorium universitaire）做了一場演講。他聽著收音機裡播放的史特拉汶斯基（Stravinsky），從荷蘭帶回一幅很大張、很漂亮的照片，那是他母親的，也是他唯一擁有的。好可惜，他寫道，妳和我，我們不能把自己對摺再對摺，然後鑽進信封裡，寄去給對方。賈桂琳試穿了一件洋裝，是長久以來的第一次。「覺得自己又有點女人味了，那種感覺真美妙；讓裙子圍著自己旋轉起來，一面看著鏡子裡照出來的是什麼樣的效果……」她看了一部洛依德（Harold Lloyd）的片子，波里斯說自己七歲第一次上電影院看的就是這部。他則是去看了「天堂的小孩」（Les Enfants du paradis）。七月十三日，他寫給她：「我來了，是的，我來了！星期四妳就可以撲到我的懷裡，整整一個月。」

電報，一九四七年七月十七日

「下午兩點到。波里斯。」

波里斯在萊辛，從一九四七年七月十七日一直待到八月十七日。

母體

我想像著瘦弱但心情很好的母親，旋轉身子，讓裙襬繞著她像朵盛開的花似地飛起來。多麼令人愉快的畫面！

我記憶中的她，和輕盈健朗、生氣蓬勃的印象並非常常連結在一起。她的身子總是給我一種很虛弱、生病、損壞的感覺。在我九歲以前——也就是當我還能爬上她的膝蓋，躲進她的懷裡；當她的腿還能彎曲，也尚未頻繁出入醫院前後長達三年時——我就可以感受到母親的焦慮、呼吸急促和心不在焉。她有沒有陪我玩過？還是始終這麼嚴肅？她很喜歡念故事書給我聽，希望我也能學點東西，而不要只顧著遊戲。難道是病痛讓她變得緊繃、不苟言笑，老想著還有什麼該做的事沒做嗎？責任永遠擺在玩樂的前面。但如果責任義務永遠擺在第一位，那麼玩樂的時光何時才能到來呢？

一個母親的溫柔，可從她的聲音、親吻、撫摸和擁抱等動作中展現出來。一個母親的慈祥，來自於她那充滿愛的身體，然而我卻感受不到母親的身體——它彷彿被禁錮在疾病裡，仍然對「在那邊」所受到的凌虐無法忘懷，母親說過，有天她被蓋世太保打破了頭。後來還有滑雪時發生的意外，她跌斷了一條腿。到了我九歲那年的夏天，她又出了車禍。

她那時開著一輛小小的白色飛雅特六百，車子剛上路不到幾個月。她開始起步時，前面的綠燈已經亮了，車行到那個十字路口的中心，一個女人駕駛的賓士跑車竟從左邊闖紅燈衝過來，撞上我母親的小車子，母親連人帶車地連續翻了幾滾，最後被拋上一面牆壁。等我見到母親時，她人已躺在醫院裡，一條腿碎成了千百片。我不能碰她，一碰她就會痛，但當時我是多麼地想親吻她，緊緊地將她擁入懷中，給她力量，也從她那兒獲得能量。

那是很嚴重的開放性骨折，眾醫生對於如何拯救她的膝蓋，感到束手無策。由於手術時腳踝上有一條神經很倒楣地被縫到了，所以她不斷有新的併發症狀發生，她一直會疼痛。我在上學的路上，鄰居會把我攔下來問我母親的近況，於是我便告訴他們。但為什麼沒有人想知道我的感受呢？母親不在家，讓我很難過，但誰會在乎這個？我以為九歲就不可以哭了。我天天等她回來，但她回來以後仍然沒好，只好再去醫院。她遍訪名醫，尋找解決之道，直到我十二歲那年夏天，一個在漢堡的德國外科醫師（歷史的反諷？）幫她的腿部做了一個小切口，然後插入一條長長的鋼絲，貫穿整條腿。八天之後，她終於可以走路了。

當年的母親仍然年輕貌美，但已經失去了一個肺，而今右邊的膝蓋又殘廢了。她坐下的時候，一條腿不能彎曲，只能向前方挺直；那條腿也變短了，所以得穿加高的鞋子，而人家還會問她說那是不是戰爭的後遺症。遭受命運如此撥弄，她是怎麼活過來的？我還記得最後一次手術過後數月，她看來豐滿了些，她甚至認為自從大戰以後，從未覺得那麼好過。

母親又回到療養所去了，而且這次待的時間是上次的兩倍，但她仍以同樣的勇氣和走出困境的決心，度過了那三年的療程。她稱讚那兒的醫護人員，總是面帶微笑，堅信自己可以再一次地克服身體上的障礙。我也很佩服她，但她那種超強的意志力，常會令我感到無地自容。不是每個人都可以達到這種女豪傑的水準，我於是有種罪惡感，覺得自己不該如此健康，不該老想出去玩，也不該身上無病無痛。母親總會鼓勵我要乖、要聽話，我想讓她開心，所以在學校成績名列前茅，也不會給父親和外祖母找麻煩。我是一個不占位置的小孩，誰都不必為我擔心。

母親自漢堡歸來後，雖是痊癒了，但我再也不能爬上她的膝蓋。我也過了那樣的年紀，我的身體開始起了變化，進入青春期。只是，在蛻變為年輕女人的過程中，如果自己所認同的對象身體殘缺時，該怎麼辦？在母親曾飽經磨難，而對自己的身體認同仍傷痕累累的情況下，我還能享受身體所帶來的歡愉嗎？我會不會分不清什麼是快樂、什麼是痛苦？

有件事我一直覺得很慚愧。我那時大概十歲，陪母親外出散步。她一手扶著我，另一隻手拄著枴杖。當年的情景猶歷歷在目：我們走著走著，突然頓了一下，她的枴杖便掉在地上。我霎時意會到她對我的倚賴，竟不願將枴杖撿起來還給她。我一下子成了掌握母親生殺大權的萬能者，她被我綁架了。在那既得意、又羞愧的複雜情緒中，我嘗到了一種為惡的快樂，並將自身的無力全部化為勝利的幻象。一切不過發生在數秒間，但這記憶於我從此如影隨形。最後我還是把枴杖撿起來還給她，攙著她繼續往前走。她沒有生氣很久，雖然她感受到了我的惡意，發現我玩得太過火了，但她還是原諒了我。我卻覺得很對不起她，我看見自己內心的攻擊性，那種想傷害對方的欲望和一種前所未有、由宰制而來的快感。這件車禍純屬意外，不是母親自找的，她是受害人，但我卻把氣全出在她身上；雖然出事的人是她，但我也一起受害。這點她想過嗎？六〇年代的人也許並不流行關心兒童的心理狀態？

我總是不確定母親「壞掉」的是哪一條腿：左腿還是右腿？似乎我就是不能將她那不對稱的形體銘刻在我的心裡，我無法從她身上找到座標。她的身體變得很模糊，彷彿上面有一些盲點；一些我不可以接觸，必須保持距離的危險地帶。因為滲透作用，我也開始覺得自己的身體不可靠了——我可以相信它、依賴它嗎？它會不會散開？破掉？筋疲力竭？我有權利去尋歡作樂嗎？還是注定只能受苦？我的命運只能照著母親的人生再重複一次，還是我可以走出一條自己的路來？如何成為一個**像她那樣**的女人，卻又不必然要跟她一樣？當她已不良於行，我敢大步前進嗎？假設她停止呼吸，我還有勇氣繼續活下去嗎？擁有一個完整而自由的身體，是一種對母親的背叛嗎？

我是在一種避孕藥、女性主義普及和墮胎合法化的時代氛圍中接觸到「性」的。我的身體我自己作主，街上的傳單都這麼高唱著，但女兒們與母親們之間的那份祕密協議，還是很難就此放得了手。要如何做得比她更好？如何與她相似，卻又勝過她？如何能在一個身有殘疾、氣若游絲、受傷而跛行的母親面前，張揚我的女性特質？如何才能擺脫這支離破碎卻又強而有力的母親形象，而毋須感到羞愧和自責呢？

既相似又不同，這就是母女關係的關鍵所在。不因類似而受羈絆，同時又能保有一種默契，抗拒連接器的效應、角色混淆和鏡像的誘惑。母親和女兒之間的情感糾葛，就像一座迷宮，很少人能夠全身而退，也許唯一的出路是從「上面」——像戴達魯斯（Dédale，希臘神話中一個著名的工匠）那樣，手臂上戴著用蜜蠟黏上的翅膀，飛出他自己所發明的迷宮。

遠走高飛，奔向自己的人生。

嗶普和巴普

大夫，我可以結婚嗎？

一九四七年八月十七日，他們又恢復通信。信中的語氣更溫柔、感覺更有默契。他們互相為對方取的小名：嗶普和巴普，宛如樹枝上吱吱喳喳的麻雀，一直跟著他們直到生命的盡頭。

他們夢想著共同生活、結婚、建立一個自己的家。賈桂琳翻閱著裝潢雜誌，腦中浮現出未來溫馨風格的室內擺設；波里斯望著商店櫥窗裡的家具，他打算再過幾個月，就把堂叔的小公寓接收過來。八月，兩個相隔千里的人竟然都食物中毒了：一個要歸咎於淡菜，另一個是誤食了有毒的蕈菇。這也讓他們彼此感覺更像一家人。九月一日，波里斯過二十四歲生日。他們都看很多書（湯瑪斯曼的《豪門世家》、沙特的《自由之路》），也討論卡恩（Fritz Kahn）醫生寫的《我們的性生活，其問題與解決方式——大眾實用手冊》。波里斯常常去聽音樂會，他聽遍了當時的大演奏家：施納貝、西蓋蒂、傅尼葉、海飛茲、馬加洛夫、李帕蒂、曼紐因……看過的電影名單有：《沉默是金》、《亂世佳人》、《薄煎餅》、《天堂的小孩》、《美女與野獸》……

偶爾也會情緒低落。一九四七年九月二十一日，賈桂琳窩在床上聽舒伯特。她寫道：「儘管風景如畫，但我仍覺得一切都是灰暗的，我心中感到鬱悶，黑色的鬱悶。也許是因為這個令我如此快樂的夏天就要過去了的關係，也許是因為害怕即將到來的漫漫寒冬，或是因為身體虛弱而影響到心情。我不知道，但你我相隔兩地，這個原因是必然的。我必須獨自去面對這樣的黑暗心情，有種頭暈目眩的感覺，似乎整個人的重心都轉移了，地心引力再也抓不住我。你不在身邊的日子，我體內的每個聲音都會引起我的驚恐，我感到徬徨，我害怕自己好得不夠快，怕必須長期與你別離。」

十月裡，他們為了彼此已經認識一年而感到神奇：「我們下一個目標就是一起生活，成為最完美的一對，永不分離，幸福快樂相偕到老。」

一九四七年十二月一日（他們正式結婚的前兩年），賈桂琳在提到一對友人的婚宴時，問了波里斯：「你結婚時會喜歡這樣的排場嗎？」

一九四八年一月十六日，她和主治醫師有過如下的一段談話：

「大夫，我可以結婚嗎？」

「結婚！哪個時候？」

「……」

「愈快愈好，是嗎？當然可以！只是不可以太勞累，還有，當然不可以懷孕。」

幾天後，波里斯在信中對她說：

「我的賈姬，我的愛，我的娃娃，我的嗶普，唯一摯愛的親親：

妳的信是那麼地美妙，神奇，偉大，瑰麗……妳和倪克德大夫的談話，就像我倆幸福的定心丸。妳還剩下一年的恢復期，然後我們就可以告別我們的單身生活了。我們終於可以開始『嗶普和巴普』的新生活，我多想趕快老上一歲。也許我們四九年的春天可以到威尼斯去！

永遠是妳的。」

每個人在這世上的位置

不可以懷孕——那位胸腔外科醫師如此囑咐道，因為他必須要保護他的病患。讀到這些文字的感覺甚是詭異：所以說，我本來是不該出生的？我知道父親不願意有其他的小孩，免得妻子的健康——以及生命——受到威脅，但我不曉得在一開始，所有的妊娠皆被排除在外。我的受胎並非理所當然之事；我不僅是在數百萬人遇害——遭納粹屠殺的猶太兒童多達一百五十萬——之後來到人間，我的誕生甚至可能斷送了自己母親的性命。她從前常跟我說，她去看過一個婦科權威，那個教授一再跟她保證，也答應在她懷孕期間擔任她的主治醫師，如果她下定決心的話。「若您是真的想要這個孩子，那就不要擔心！我會幫助您，一切都會很順利的。」

雖然，我時常遺憾自己沒有弟妹，但我一直以自己是父母的愛情結晶為傲。我們在嬰幼兒時期所接收到的愛，一輩子都不會消失，它能為我們的內心深處注入一股永遠生生不息的力量。儘管我對父母親一直有些抱怨，但我還是感激他倆讓我覺得自己是有人愛的——即使被愛得喘不過氣來，或感到不自在，但那畢竟是愛。父母親的潛意識總是會以一種奇怪的迂迴方式出現在我們的生命樂章上：他們想傳遞給我們的，以及那些他們在不知不覺中傳遞給我們的東西，對我們的影響都一樣大。一部潛意識的系譜，就這樣綿延數代地從我們身上流過，我們常在完全不知情的狀況下，揹負著來自先人的遺命、傷痕和祕辛，而我們不見得有能力去釐清那些陰暗的部分，或去解開那些死結，我們過得顛顛簸簸。而思考父母的、甚至祖宗三代的人生，或許我們可以因此不必重蹈覆轍，但部分還是得靠自己的力量去擺脫，以避開這樣的命運安排。

我出生時，母親詢問嬰兒的性別。「女孩子啊！」她得知後的口吻聽來很失望、失落。「可是她很可愛哩！」父親回答。後來一心想要生男孩子的母親雖然也接受了現實，但我總覺得自己永遠無法令她滿意。後來，當我去清空他們的房子時，曾經找到一本小記事簿，只見在許多的空白頁上，孤立著這樣一個句子：「先生怪我是個永遠無法滿足的女人。」那是六〇年代的遺跡。我突然覺得自己非常不禮貌，好像做了什麼壞事而被人當場逮到那樣，立刻丟開那本黃色皮面的小本子。可是那個句子卻留下來了，我一點也不訝異。透過它，我隱約看見了我那老覺得自己被妻子嫌東嫌西的父親——母親總是要的更多。然而，我卻可以見證他對她那無與倫比的呵護與照顧，有時我甚至覺得那是個讓母親逐漸失去自主性的金色牢籠。而到了他們的晚年，更是如此。因為母親其實是位很強悍的女性（她的能量來自於她的脆弱），不會隨便就任人擺布；儘管她也希望丈夫可以對她不要那麼熱情、不必那麼周到。他們成了真正的一對，兩人各司其職：一個負責煽動，一個負責安撫。

家中只有我一個小孩，我們的親戚也不多，所以我們的生活圈子很窄，只有他們和我。三人世界，我覺得很封閉。我會跟朋友或自己一個人跑去溜冰，不然就是自己講故事給自己聽：我是巴黎歌劇院或莫斯科大劇院的芭蕾舞星，我叫嘉蓮娜．烏拉諾瓦……我又驚又喜地發現了閱讀的樂趣，我終於登上了救贖的樂土，找到永遠有空陪我、值得信賴的朋友。七、八歲那年的夏天，一個美國來的嬸嬸給了我五塊美金，於是我要求母親帶我去書店。由於她覺得我認得的字還不多，便建議我選一本書就好。但我不為所動，非常堅持，我渴望閱讀，我想要很多書，我知道五塊美金至少可以買五本書，拒絕接受這個權利被任何人剝奪。母親對我的執拗感到非常訝異，終於讓步了。那次我帶回了這輩子最初擁有的五本書：塞居爾伯爵夫人（俄國出生的法國女作家，這點更增添了她在我眼中的魅力）的《模範小女孩》、《假期》、《蘇菲的煩惱》、《天使客棧》和《好個小惡魔》。

那個夏天裡，我開始讀書，而且再也沒有停下來過。我會心癢難耐地跳上床，看一整天的書，直到夜深，我躲在被子下面，藉著手電筒的光繼續讀。九歲那年夏天，某個早晨，我對母親說我不想跟她進城去買花盆，寧願留在家裡看書。她就是在那個八月天裡，發生了嚴重的車禍。我常常想，如果那天我跟她去了，接下來會發生什麼事？我會不會就死掉了？也許母親不會傷得那麼重？有段很長的時間我感到愧疚，只因為那天沒陪她出門——好像如果當時我在場的話，就可以免去她這場車禍似的。這樣一個陰魂不散的念頭，還讓我一度覺得自己日後活到同樣年紀時，亦將步上母親的後塵，發生重大車禍。我猶豫了很久，才決定去學開車，倒是父親，費盡唇舌想勸我打消這個念頭，他甚至提出停車位很難找這樣的荒謬理由。所幸的是，我二十歲那年，有個朋友聽了我的故事，便從口袋掏出一串鑰匙，象徵性地塞給了我。他說，我們總是能找到一個可以停車的地方，因為每個人在這世上，都有個位置。

卡繆

一九四八年二月四日，下午四點半，亞伯特．卡繆（Albert Camus）到葛蘭會館療養所去看米歇．伽利瑪（Michel Gallimard，與卡繆相熟，是伽利瑪出版社創辦人加斯東．伽利瑪的堂侄，深受創辦人倚重），他在醫師的力邀下，為病友們舉行了一場座談會。賈桂琳在隔天的信中寫道：

「卡繆大約三十二、三歲左右，人非常和善，樸實簡單，言語誠懇，像朋友一樣，不會高高在上。大家的發言都很踴躍，也不怕提出跟他相反的意見。光從外表上看，他穿的就很簡單：一件灰色卡其長褲、一件套頭毛衣罩在軍用卡其襯衫上，脖子上圍一條毛質的黃色圍巾。我們一共二十來個人，齊聚在一一五號室，也就是我們的交誼廳。幾個人開始輪流發問，對於每個問題，卡繆都很樂意地仔細回答。他說自己是在阿爾及利亞長大的，在開始寫作前，他曾經當過演員，演的都是些經典劇目，在北非的一些小城裡，一天的演出費用是八十法郎。後來，他跑去當記者，專門做一些刑事案件的報導。說到這裡，他給我們講了一個小故事：他去法院旁聽一場審判，某人被指控通敵，結果第二場以後他就不去了，因為他發現自己開始同情那個被告。他反對一切形式的暴力，主張儘量維持和平。他堅決反對死刑，笑著對我們說：『不過我不會笨到在紐倫堡大審之前講這種話！』他既非共產主義者，也不是天主教徒。很難在這裡把這場談話會的內容描述得很清楚，它更像是同儕間的聊天。此外，到了要結束的時候，他跟我們說，他其實很怕開這種座談會，如果不是因為知道瑞士捐款基金病患們的來歷，他也不會答應來跟我們談話。他是抱著和同志們交流的心情而來的。談到選舉的時候，他說：『我會投社會黨。他們可能不會好過其他的黨派，但至少沒那麼壞！』

有人問他最喜歡哪本書，他回答：『下一本！』巴侯（J.-L Barrault，1910~1994，法國知名演員，舞台劇導演，製作人）希望卡繆可以為他正在構想中的下一齣舞台劇撰寫台詞，但卡繆說，再也沒有比編寫舞台劇本更困難的工作了，他老是編不成。他還跟我們說，他夢想著能在海邊有棟小屋，每天早上可以去泡海水浴。他還私底下告訴我們，他在幫伽利瑪審稿。我多麼希望自己有東西可以給他看！」

「結論：我覺得卡繆人非常好，是個優秀的作家，但這人是撐著傘在過日子，他害怕被打濕……」

渴望重疊

我十幾歲時非常喜歡卡繆，無論是他的小說、散文或劇本。我還記得一拿起他的書來就會忘了時間，他對善惡、壓迫、差別等等現象的質疑，也常令我熱血沸騰。在讀到那封母親認為他不夠有勇氣的信之前，我完全不曉得她曾和卡繆有過一面之緣，但我知道後倒也與有榮焉。難道一個作家非得符合他筆下人物的形象不可嗎？

原來卡繆也幫伽利瑪出版社審稿，母親感慨自己要是有作品可以交給他多好。她從前常對我說，她曾經很想寫作。這個心願，在她即將過世前終於完成：她寫了一百多頁她童年的回憶錄，題獻給孫女。如果她一直不曾疏遠她被捕前在格勒諾布爾所交往的那群知識份子，她會不會成為一名作家呢？大戰後，她一度打算回學校念法律系，但她的人生還是走上了另一條道路。我身上的寫作欲，無疑是來自於她的傳承。不過我認為她應該不會寫小說，她有興趣的是歷史、宗教史和政治，也許她會寫一些評論文章，或一些人文科學類的作品；我也很能想像她一如許多集中營的生還者，去寫一本見證此事的書。但她從未提筆寫下這些我很想讀到的篇章，因為父親一定會反對。父親去世後，她也曾說過有這樣一個寫作計畫，然而或許是基於對丈夫的忠誠，這計畫一直不曾付諸實行。

在她的另一封信中，我看到她也讀過內米洛夫斯基的《大衛・高勒德》，但她很討厭這本令我印象非常深刻的小說。我發現，自己每次從她的信中得知她有著與我不同，甚至南轅北轍的見解和感受時，竟然都會有點氣她；倒是在讀父親的信時，我比較沒有這樣的矛盾和恐懼，比較能夠忍受父親與我的迴異。對於母親，我喜歡那種親密、和諧、相似的感覺。

小女孩的古老幻想，渴望和自己的孕育者融為一體，得到她的配備，和她合而為一，達成某種絕對之愛的協議。這重疊之夢，非但不可能，而且具有致命性，可卻又如此令人難以放棄。

白紙黑字，母親寫的信一如其人，不更好也不更壞，完全地真誠。她從前很喜歡對我引述一首普維（Prévert）的詩，開頭的兩句是：

我就是我

我生來即如此

自由

一九四八年二月十一日，醫生在看了X光片之後，決定把賈桂琳身上那條連到一台機器上的導管拔掉。

「你可以想像嗎？兩年多來我好像一直戴著腳銬，導管拔掉之後反而有點不習慣，我老是想找到它，水流在管子裡的聲音也令人懷念，房間裡出奇的安靜。可惜的是，光拔掉導管還是不夠的，傷口還沒癒合，肺液也還沒乾。從昨天晚上開始，我幾乎成了啞巴，因為醫生不許我說話，肺部不可以出一點力氣。如果你看到我怎麼用手語跟米開特或密斯交談，一定要笑彎腰了。

我下樓去照X光，倪克德醫師為我檢查過後，拿出一根肺針來，往我的兩根肋骨之間扎進去，為的是把肺裡面的一些空氣和液體放出來。我想我還是這樣跟你講好了：那可不是鬧著玩的。看來似乎接下來的一陣子，我每天都得被扎針，接著每兩天扎一次，然後間隔再愈拉愈長。醫師跟我說，如果真的覺得太痛的話，他可以幫我上點麻藥，他認為扎過十五次之後，這件病案就可以了結了。『四月您就能康復出院了！』他最後這麼說。親愛的，以後每天晚上大概六點左右，請奮力地想我吧。

「我剛讀完幾篇莫泊桑的短篇小說，很有趣也很發人深省，現在我要開始來看《仲夏夜之夢》了。當我們終能夜夜相擁入眠時，那該有多美妙啊！」

「我得先具備忍受倪克德大夫那些針扎的勇氣。而蓋世太保的酷刑，我不也捱過來了嗎？而且那時候受的苦，都還是平白無故的呢（如果倪克德大夫知道我把他比做蓋世太保……）」

賈桂琳和波里斯想趁著復活節假期，在日內瓦聚首三日。波里斯沒拿到法國的過境簽證，兩人都非常失望。「真是氣死人！」賈桂琳於一九四八年三月二十七日寫道：「想想我們竟然要聽憑一張臭爛紙頭的擺布。沒錯，親愛的，我們的確是次等人，法外之民！而我還曾經為了那我以為是世上最珍貴的自由，全心全意地奮戰！」

腹語大師

我記得在母親的脇下——忘了是左邊還是右邊——有一塊小小的螺旋狀突起，有點像肚臍那樣，那是在她身上插了兩年的導管後所留下的遺跡。奇怪的記號，在她那飽受戰爭、疾病和車禍摧殘的軀殼上，又多加了一道戳印。

母親的身體，是第一課地理，是我們所來自的故鄉——襁褓中的我所望不見的故鄉。一個患有肺結核的女人，不可以太靠近她的新生兒。醫生們擔心妊娠會讓產婦身上的結核桿菌復甦；這個危險一旦排除，他們又開始煩惱孩子的健康，不讓她跟外界接觸，以避免感染結核病的可能性。這就是我的遭遇。我的母親生下我之後，就離開休養去了，把我獨自留在婦產科，從七月十五日一直待到九月五日。

母親抱著我的最初幾張合照，總是令我感到困窘和迷惑，因為照片中的母親，竟然穿著一件護理人員的白罩衫。是人家建議她穿上的嗎？還是她自己要求的？有這樣的必要嗎？她覺得需要全面「消毒」，免得我們被病菌感染？她是不是在醫院裡住太久了？她看起來好像被她懷裡的小東西給嚇壞了，站得筆直，整個上半身是僵硬的，有點退縮，似乎覺得這對她而言是個太大的責任，遠超出她所能負擔的重量。相較之下，同一時期和我合照的父親就顯得輕鬆多了，他神情愉悅，有種如魚得水、心照不宣的樣子，似乎他在身為人父的同時，還能基於同理心而重新變回嬰兒。母親就沒有這種能耐，她把她的角色看得很嚴肅，甚至太嚴肅了……後來雖然也開始自在了些，但她照相時的神態仍舊僵硬，也許她一看到鏡頭就會那樣吧……

我應該是個讓她感到安心的健康寶寶：胖嘟嘟的臉頰，炯炯有神的眼睛。母親心中的一塊大石終於落了地。一個小小孩，很早就能感覺到如何回應父母的期待，也許是早發性的滲透作用，急著想發展出一種對他人需求更強烈的領會，對他人的不幸特別有感覺。是孩子把生下他的孕婦變成一名母親的。對她而言，我應該盡可能快快長大，不是為了玩耍唱歌，而是為了說話並很快學會看書，以便和她討論哲學、政治或宗教，念詩給她聽。她跟我說大戰前她有個朋友，當她幫她綁辮子的時候，她就會念波特萊爾或阿波利奈爾（Apollinaire）給她聽。如果母親想讓我開心時，她會為我煎可麗餅——金黃色有著波浪邊的薄餅皮，舉世無雙，此外，也從來沒有人的巧克力慕斯和草莓蛋糕比她做的好吃。

我想要和她建立起一種默契，一如她也想和我靈犀相通，才不管什麼長幼有序，她要當我的朋友。她喜歡和我分享她的發現，為我念巴斯卡

《沉思錄》，或何農（Renan）的《耶穌的一生》。我還記得十二、三歲時跟母親兩人去羅卡諾湖畔度假，她每天晚上都會念幾頁羅素的《西方哲學史》給我聽。這些書現在都擺在我的書架上。

母親婚後和她年少時志同道合的朋友斷了連絡，亦未曾發展出新的朋友圈。她在她的新國度裡一直極其孤立，和丈夫朋友們的妻子沒一個談得來。她沒有密友，沒有人可以聊天、話家常，沒有人可以討論想法，或結伴出遊。她非常地孤單，忙著家務、買菜、看書，邊聽收音機邊做裁縫，這樣好幾個小時也不會累。她活在一個自給自足的世界裡，完全沒有外在的需求。在先生、母親和女兒之間，她繼續過著她低調的人生。後來，當我開始帶大學同學回家，她會過來跟他們說話，言談間，她年輕時那股熱情似乎又跑出來了，那是我不曾在她身上見過的熱情。

我是代替她走向書本與理想的世界嗎？我是為了她而寫？她的人生是

不是透過我而活？我究竟是個為她發言的腹語大師？還是她的木偶？

當然，影響我們抉擇的，不只是眾多潛意識，人生中的偶然和際遇也同等重要。我的人生，是由父母的期待及我自己的想望所交織而成，問題是，這些想望從何而來？有哪些是真正屬於我自己的？我們可以完全無拘無束、不受任何羈絆地決定自己的未來嗎？

遺失的信

第一百五十封信

波里斯的第一百五十封信，日期是一九四八年五月一日。在這之後，一直到一九四九年十月二日以前的信件都找不到了。它們掉在哪裡？是在母親某次搬家時弄丟的嗎？父親的信，從編號一五一到二九九，都不復存在了，好大的一個洞，空空如也。父親這批遺失的信，就像他的人一樣，令我無限懷念，我已經習慣了身邊有他的信，這讓我感到安慰；我喜歡一封接一封地打開這些託付給郵局的信札，上面貼的郵票總是那麼漂亮；展開信紙，認出父親那非常有特色的筆跡，還有那些如此生動、充滿歡樂的塗鴉。每個信封都像一個小小的旅行箱，裡頭塞的不是剪報，就是音樂會節目表、照片、小紙條、布片……他的信讓我感到很開心——和它們在那三年裡讓母親感到快樂的方式不一樣。它們彷彿在我的心頭抹上一層脂膏，透過這些信，我又找回了我的父親，認出了他的幽默、他講話的方式、他的口頭禪……一切讀起來都是那麼令人愉快，連他在文法和拼字上的錯誤，我都喜歡。

我開始讀賈桂琳那些落單的信，並想像著波里斯的回答，但這畢竟還是距離現實差一大截。我怪起母親怎麼會把這麼寶貴的信弄丟了——不過這實在不像她的作風，難道有什麼隱情？我永遠也不會知道了。也許她自己也曾為了再也見不到這些信，而感到十分懊喪吧？它們當初是怎麼被一讀再讀、藉以撫平兩地相思的痛苦呢？

一封信就像一個被扔進塵世裡的訊息，乘著火車、巴士、飛機，最後來到郵差的郵包裡；它行經了千山萬水，終於來到那雙熱切期盼著的手裡。說來這不是非常神奇嗎？把一封滿載著愛意的信，託付給一群陌生人、一長串郵局工作人員，這封信於是就這樣找到了它的收信人。多麼美好的信賴關係！六十年後，它們仍在這兒。郵局的郵戳上標著日期，以及發信地：萊辛、達沃斯（Davos）、布魯塞爾。

寫信，就像對另一個不在場的人敞開胸懷。一張短短的信箋，開啟了一個內心的世界，一個反省、沉思的時刻，一條探索己身未知部分的裂縫。寫信時，人可以感受到一種巨大的自由；我們在想著對方的同時，進行內省。收到信後，我們雖形單影隻，對方卻又近在眼前。通信是一種具有時差的交談，當下書寫的，幾天後才會被讀到（譬如我們剛收到且甫讀完信時的那種衝動），萬一郵局方面有什麼耽擱的話，或許還得遲至一個禮拜，而有時卻只需要一個晚上、數個鐘頭的時間——如果郵局願意，其他條件也能配合的話，那封信便能搭上夜車，清晨就躺在信箱裡了。

有很大部分的信件內容都是在講述等信的心情：「等了兩天的信終於

到了，不然我都急死了，一直去看信箱，卻總是空的……」

除了信以外，還有為數可觀的明信片：一些名畫的複製品（林布蘭、梵谷）、城市街景（日內瓦、巴勒、蘇黎世、杜爾、巴黎……）和幾張詼諧而溫馨、出自英國插畫家亞特威爾（Mabel Lucie Attwell）的畫片。

那個時代的郵差——今天的人很難想像——一天至少來個兩、三趟，連星期六也不例外。如果第一趟沒有信，我們還能指望在第二趟的時候得到彌補。一般平信估計大概兩天就可以寄到，如果信箱裡一直空空如也，那人就開始提心吊膽了：他會不會出了什麼事？病了嗎？意外嗎？電話費很貴，況且也不是人人家裡都有電話。國際長途電話得透過接線生，要講得很大聲，感覺一點隱私權都沒有——用吼叫來談情說愛很難，還是乖乖地等郵差吧！

維巴尼亞

一九四八年七月，賈桂琳從萊辛的葛蘭會館，轉到位於達沃斯的一家名叫「憩園」的療養所。她寫道：「對萊辛的那些醫師們，我一輩子都會深深地感念。」

趁著搬家之際，這對戀人在瑞士境內做了一趟小旅行。他們到馬焦雷湖（lac Majeur）畔去散心。七月二十二日的信上，當他們即將道別的時候，出現了一個用大寫字母拼的VERBANIA（維巴尼亞），似乎是兩人之間的暗語。這是馬焦雷湖邊的度假村名稱？飯店名？幾封信之後，出現了一張在羅卡諾湖邊維巴尼亞飯店所拍的照片。他們的初夜是在那兒度過的嗎？我永遠也不會知道，而且也不想知道。這是他們的祕密。

賈桂琳躺在她療養院的床上，呼吸著新鮮空氣，身上毯子蓋得密密實實，她向波里斯描述她的新環境：她睡的這間病房有四張床，她的床邊貼著梵谷和莫迪里亞尼的明信片，還有許許多多個人的小東西，這樣感覺起來比較有家的氣氛。隔壁床來了一個新的病人，叫芭迦，是原籍波蘭的柏林女孩，會說意第緒語。幾個月過去了，她們也成了朋友：「她有顆赤子之心」。然而，賈桂琳並非一開始就與她一見如故，她對波里斯寫道：「我和這些人，無論在語言、文化或心態上，皆無一點共同之處。唯一把我和他們連結起來的，是苦難：我們都是受到壓迫的被害者。」

就我的理解，生在德國的猶太人，由於對歐洲文化融入較深，所以他們一般會先認同自己是德國人，然後才是猶太人。德國猶太人對波蘭猶太人一直有種輕蔑和不解的情緒，因為波蘭的猶太人對於猶太傳統文化仍然非常執著。賈桂琳既無意跟隨猶太人回歸運動前往英屬巴勒斯坦，亦不願將自己局限在一個封閉的族群社會裡。猶太復國主義所鼓吹的猶太人國家，和她未來的人生毫無瓜葛，她甚至對這樣的想法感到憤怒。因為身為猶太人而被送進集中營，她經歷過的痛苦，讓她從此更渴望消失在所有的人群之中。她尋求的是同化，而非與眾不同。

然而，她也不是完全不認同她的族群，只不過不願意公開表明罷了。她的許多想法和情感其實都很曖昧，她對自己的猶太身分其實既愛又恨。她追求同化，但又擔心自己的根源會完全消失。晚年時，她曾經為小孫女寫下她在科隆以及萊茵鄉間的童年回憶。我看到她的外祖父母曾經給她一個溫馨的家，每個星期五晚上及所有的猶太節日，都閃爍著傳統的燭光，她最初幾年的生命就是在這種氛圍中度過的。她一直對曾經養育過她的外祖母懷著無限的感激和愛，外祖母在她的口中是個聰慧、敏感而且堅強的女性，一輩子都在做裁縫，也把她的帽子店經營得有聲有色。外祖母還把奉行一生的信條送給了她：「這雙手能做的，別雙手也行。」

墮胎

一九四八年八月底到九月中的信封上貼的都是法國郵票，蓋著昂特盧瓦爾省杜爾市的郵戳。波里斯和賈桂琳似乎曾在布魯塞爾和巴黎之間的某地相會，也許就在國界上，因為賈桂琳沒能拿到比利時簽證，信裡沒有把細節交代得很清楚。

她的信裡充滿焦慮、緊張和疲憊，她感到頭痛、頭暈，這是她第一次返家，直到大戰爆發初期她都還住在這層公寓裡。只見到處都是已經過世的父親的影子，讓她激動不已。這也是她從集中營歸來後，第一次走進醫院或肺結核療養所之外的「現實生活」裡。她覺得非常不適應。

九月二十七日，她又回到達沃斯的病床上，信中隱約提及和波里斯在

B鎮見過面之後，搭上一輛開往木斯孔（Mouscron）的巴士，那兒有個叫朱立安的人幫她帶路，偷渡過法國、比利時的邊境。不料那人在車上給她看一篇前兩天警方在海關展開大規模搜捕行動的報紙新聞，事先恐嚇她，然後要求加價。她嚇得臉色蒼白，只好乖乖付了錢，慶幸自己安然返抵法國。信封裡還附了一張相關消息的剪報。

十月六日，第兩百一十封信裡，有一個賈桂琳的口紅唇印。寄出的吻，仍然令人動容的陳跡。波里斯是否也回寄給了她一個呢？

十月十六日，幾個似乎心事重重的句子：「我覺得我的情緒有點低落，而且因為擔憂的事情無人可商量，內心更覺得苦惱。我的親親，我的愛，我的全世界，我不想讓你難過，我不該跟你說這些的。」十八號，她寫道：「還剩兩個月就可以見到你了。但願在見面之前一切都可以解決。」二十日，她又寫道：「一切端視『情況』的進展而定。親愛的，你怎麼那麼傻，竟問我會不會怪你。你看看！當然不會，這事我也有責任。我只是發現，當女人實在不容易……再說你也不用著急，人生沒有解決不了的事情，重點在於找到一個對我健康影響最小的方式。現下你對我也絕對是愛莫能助的，不然，多給我寫些很溫柔、很有安慰力量的信吧！因為你的信，可以帶給我足夠的勇氣去樂觀地面對問題。我目前的打算是：大概兩個禮拜以後，我會去外面找個醫生，到時候事情應該就很清楚了。我會跟他解釋我的身體狀況，然後問他的意見。總之，要做的話，直到十二月底應該都還不會太遲，而且說真的，我比較希望你可以在我身邊。在這之前，親愛的，你就不要太擔心了，每個人都會碰上這種事，我想說的是我們也別無選擇。你知道我有多麼愛你，我會很明理地來看待這一切，並知道你也深愛著我，為此我們兩個總是在一起，同甘共苦。」

十月二十七日，賈桂琳向波里斯透露：「我是多麼迫不及待地想知道

（在醫生那兒的）檢查結果，你一定很難想像。如果我倆的幸運之星在那天願意更亮一些就好了！我想這封信應該還來得及寄到你手裡，這樣你就可以好好地想著我，這樣我們就會擁有好運氣，這不是迷信，而是，每當我一想到你正在想著我，我的信心和勇氣就會倍增。吻我，親愛的……」

達沃斯，一九四八年十月三十日

巴普我的愛，我的波里斯：

星期六下午兩點。日安，親愛的！深深深深地吻我吧，接著……我要在你耳邊對你說個好消息。還是從頭說起好了：昨天傍晚我到郵局去打電話給醫生，他讓我今天早上九點半過去看他。昨天晚上臨睡前，我就想，但願我倆的幸運之星今晚能為我閃閃發光，這樣明天一早我就不用去看醫生了。然後，奇蹟發生了！我的願望竟然實現了。沒錯，完全實現了！我今天早上是那麼地快樂，你絕對無法想像。我多想撲進你的懷裡，告訴你我有多愛你……喔，親愛的，那麼那麼地愛著你！生命萬歲，快樂萬歲，愛情萬歲！

這第兩百二十封信是以航空郵件投遞的，看得出波里斯在拆信時非常迫不及待。

賈桂琳擔心自己懷孕了——當然，她知道患有結核病的婦女進行醫療性引產是合法的。她其實不是很願意這麼做，但她已經下定決心要以健康為重。

我做了很多想像：所以，我本來是可以早點出生的？早點出生，會讓我現在的人生有所不同嗎？誰曉得！何況那生出來的還會是「我」嗎？如果呱呱落地的是個男孩，那麼男版的我，會是什麼模樣？想著自己可能是另外一個「她」或「他」，這樣的念頭令人頭昏腦脹。又或者我本來該是排行老二的？總之，那天的受精並沒有成功，賈桂琳白擔心了。我還在等著被生出來。

紙上飛吻

一九四八年十一月二日，賈桂琳為她的信，標上第兩百二十一封的編號，而波里斯上一次寫給她的，則是第一百九十九封！他們在兩年間通了兩百多封信。「我們已經是老夫老妻了，但我們的愛情仍與日俱增。」

他們想要結婚。賈桂琳夢想著和波里斯共築愛巢，晚上連袂去聽音樂會，或一起上夜校學外語。

「我不曉得，也許我太天真，婚姻生活其實不是那麼容易。但眼前我只想滿足於想像一種神仙般的生活，我們就像被寵壞的孩子，愛做什麼就做什麼，也不必再徵求父母、醫生或任何人的同意。我們只想要一個東西，那就是帶給對方快樂。」在此之前，他們希望在聖誕節時可以到外地相見，但要找到出租房間並不容易——「因為我們沒有結婚」（一九四八年十一月十三日）。

十一月、十二月，時光一周周地流走，生活似乎是靜止的。在療程方面，醫生繼續為她做肺部穿刺，為她注射阿米拉西。她胖得太慢，醫生要她吃魚肝油和鮮奶油。

賈桂琳的身體愈來愈好了。她記下每天發生在療養所裡的事情：同房病友間的默契和緊張關係、被院方拒絕或接受的外出請求、康樂室播放的電影、買了什麼東西、發信時的焦慮、三餐吃些什麼，以及遇到有人生日或為病友康復出院而舉辦的慶祝會……

一九四九年三月十二日，賈桂琳滿二十八歲。她許下明年生日能和她的「好丈夫」一起度過的心願。日子過去了，他們又在等波里斯的簽證下來，以便他可以再度前往瑞士和賈桂琳會合。

六月二十二日，賈桂琳信封上的收件人下方寫的是波里斯的新地址——日後，他們完婚之初，住的就是這裡。七月二日，她跟波里斯說她還不敢向主任醫師要求外出許可，儘管五天後就要出發了。她打算拖到最後一分鐘再提出，因為覺得他不可能會拒絕「星期二晚上最後一次電話問診」。

七月，這對戀人在羅卡諾共度了二十餘天的假期。賈桂琳歸來以後，不禁又開始想像自己已經身在布魯塞爾，一大早出門去買他們倆早餐要吃的麵包……

第三百封信——一九四九年八月六日——一開頭是這麼寫的：「波里斯，我的愛，我的渴望，我的信仰和我的光」。八月二十四日，她惦念著：「我應該穿新娘禮服……？而你，燕尾服？」，「現在跟我們祖母的那個時代已經完全不同了。我們不需要準備一輩子要用的行頭吧？當然我很能理解你家人的堅持，也願意做一些讓步……」。九月十日：「贊成藍色婚禮，我覺得這個主意很棒。」

戀人們在九月裡有個機會可以見面。他們一分手，賈桂琳就寫道：「重新回到紙上飛吻狀態」，但這時她也知道目標快達到了。她準備離開達沃斯的療養所，回去杜爾。婚禮預計在年底舉行，不是十一就是十二月。為了把三年半來累積的眾多衣物帶走，她還特地去訂做了一個可以開合、有鎖扣和掛鎖的大箱子。

我一讀再讀父母的這批情書，在上頭留下我自己的批注，添上我的分析、冥想和追憶，轉眼已經快十個月了。剛開始有點不好意思，漸漸地卻愈來愈大膽。我不斷地陷入一種雙重的情緒中：一面是溫柔和感傷，另一面是痛苦和悲哀，我兩面擺盪。在這數個月之間，他們時常來到我的夢中，在其中的一個夢裡，我不安地把我寫的那本《我如何清空父母的家》拿給他們看，他們微微地頷首，似乎是贊同的樣子。接下來，他們會不會在我的夢裡發現我此刻正在寫的這些文字？他們會原諒我，還是會生我的氣？我需要他們無法說出口的支持嗎？我是否已經擺脫了他們的控制？振筆疾書（儘管現在都是用電腦打字），不正意味著重獲自由嗎？

每一座閣樓深處，有多少個抽屜、箱篋、櫃子或皮箱裡，是塞滿著用粉紅、藍或紅絲帶所捆起來的，雖被遺忘已久但仍小心翼翼收藏著的，出於敬意、謹慎或恐懼知道箇中隱情，而一直未被展讀的泛黃信件？哪個人家裡沒有幾本先輩留下而沒燒掉的老日記本？幾封祖父或曾祖父從前線寄回來的家書？某個未婚夫或未婚妻留下的充滿柔情蜜意的小紙條？有哪個為人子女的，在幫過世的父母清空家中物品時，不曾找出過他們的情書？找到了該怎麼辦？扔了嗎？不要看，只收起來？打開來？處理方式因人而異，每個故事都不同。

這些信件雖屬於私生活的範圍，但亦可為特定時空作出見證；它們說的是個人情感，但也點出了歷史上某個時代、某種社會階層最在乎的事情——他們關心什麼樣的政治、經濟以及日常生活議題。私人信件雖不具有文學野心，但寫的畢竟跟說的大不相同。戀愛中的人常常很有想像力，會發明一些奇奇怪怪的句子，用個人的表達方式來形容他們的感受，儘管這是一種人類共通的經驗，但每一場戀愛仍然都是獨一無二的。

整個生命似乎就靠一張紙上的幾個字而不墜——這些沉睡在閣樓裡的情書，訴說的不僅僅是愛，還有戰爭、生活、死亡、身體、性幻想和未來憧憬。它們不是藝術作品，但見證著某種人生、某種願景，一種存在的剎那，每個人都能從中看到自己，它們令人動心、動容。同時，有什麼比這更平凡的？我們還能寫出什麼是從前人沒寫過的？儘管平凡，但卻是唯一、無可取代的一刻。當愛降臨到您的頭上時，它就會和從前人所談過的愛都不一樣；每一個戀人都相信所經歷過的愛情是與眾不同的——他的，或她的愛，和其他已經發生過的愛情故事毫無共通之處，這樣的愛情，在千萬年內，只可能發生一次。

為什麼大家都避提父母親的情書？我們難道不願意承認自己的雙親曾

經也只是一個男人和一個女人？他們也曾經年輕過？他們若不願意我們看他們的信，當初為什麼不銷毀呢？這些信若存放在家中某處，是否即意味著它們也算是遺產的一部分？

我在父母放信的這三個盒子周圍徘徊，把一窺究竟的決心往後一延再延。後來，我開始寫一些關於這些信的東西，一度猶豫著是否應如實呈現，最後我還是僅摘錄片段，而非全部加以改寫，以保留父母親信中的原始文字風貌。這批信之於我，不是一批可供研究私生活史的歷史資料，而是一個女兒思念已故雙親的憑藉。

讀著父母親的信，彷彿又回到了他們的身邊，宛如做了一個充滿驚奇與感動的長途旅行，走過我的童年及在那之前的國度。我覺得自己的運氣很好，能在清理父母遺物時，找到了這批也許每個人都等著清理到的情書。透過想像，也多虧了這批「閣樓文學」，讓我看到了我出生前所發生的事，知道了自己的由來。這於我是一個獨特、謙卑而寶貴的經驗。

結婚通知卡

國境對我打開了

一九四九年十月二日起，雙邊的魚雁又恢復往還。兩人的筆跡再度交錯地出現在我眼前。能夠重新見到父親的字，讓我非常感動。

婚禮各項事宜的準備工作開始了，喬叔也已經同意他們的婚事。數不清的行政手續、結婚公告所需要的出生證明、通知卡、宴客名單、結婚禮物清單、新房布置。每個細節，波里斯都關照到了，他還拍照寄給他的「未婚妻」，讓她可以看到進度。每天他都會帶些新的東西回家，他最近買的是一個「很漂亮的檯燈」，還有一個了不起的吸塵器：「輕巧，吸力強，操作容易，外型美觀。」波里斯是用分期付款買的。另外，還有兩個枕頭。

出院以前，賈桂琳買了幾只五顏六色的蛋杯，當時她心裡想到的是以後小孩看到這個一定會很開心，而且首先他們這兩個「還長不大的」大人恐怕都要愛不釋手了。我小時候果然非常喜歡這些彩色蛋杯；後來清理屋子的時候再度見到它們，它們已被歲月抹上了一層霜白。

一九四九年十月二十三日，賈桂琳正式揮別在達沃斯的療養院裡與醫藥為伍的日子，她的行李重達一百二十公斤。在蘇黎世與巴勒之間的火車上，她寫道：「我還是有點無法相信我正前往巴黎，往自由與幸福飛奔而去。」她在巴黎一位朋友那兒待了幾天，才回到母親在杜爾的家中。「今天下午我去了比利時領事館，奇蹟竟然出現了，我拿到了兩個月的簽證，可以多次進出。親愛的，你說是不是很奇妙呢？我和你的距離，現在只剩下四個小時的火車車程了，國境終於對我打開了。」十月三十一日，在杜爾，她因迫不及待而顫抖：「波里斯我的小親親，我的全世界——再過不久，再過不久，我們那長久以來的夢想，就要實現了。」

波里斯的回信上說，當他讀到這裡時，淚水在眼眶裡打轉。他說，經過這些年的等待和對抗病魔，他對這樣的福氣簡直難以置信：「再過幾個禮拜，一個三年前仍不可能實現的夢就要成為事實了，這將是一個最美妙的夢。」

賈桂琳在杜爾借來了一台縫紉機，打算自己裁製一件禮服。她很高興自己不久之後也會有一台縫紉機：「我一定會做很多漂亮東西給嗶普、巴普和他們的小嗶巴普兒……」

他們的婚禮公告就登在「結婚公報」上，不過波里斯埋怨他們把他的姓氏搞錯了，寫成了「波里斯．費蘭」。到市府公證的日期是十二月一日，「這日期聽起來滿好的」。至於宗教儀式，三天後在安特衛普舉行。

一九四九年十一月二十二日，賈桂琳出發前，寫下最後一封信：

「親親波里斯，巴普我的愛，我生命的光芒：你是那麼地善良，對我那麼地好，而我永遠不知該如何感激你才夠。」

同一天，波里斯也寫下了結婚前的最後一封信：

我親愛摯愛憐愛的妻，我的藍色天空，我的豔陽，我的一切：

特魯黛嬸嬸，也就是喬叔的太太，她給我的最後建議是：如果妳一個人到，就先去旅館，一直住到妳媽媽來的那天。我必須在旅館門口就跟妳道別，不可以上去妳的房間！如果妳和妳媽媽一起到，那妳們就去睡露意絲大道上的公寓，我則暫時回家跟哥哥擠一下。而且要一直這樣做，直到十二月四日，也就是星期天。這是什麼想法啊！我還以為她很跟得上時代。婚宴將在歌劇院對面的「科麗塞」舉辦……

我還要愛妳更多更多更多……直到無窮多。

永遠是妳的波里斯

十五天過後，那位新婚少婦再度前往瑞士，進行四個月的療程。

潛意識與死

我把他們的信都看完了。我喜歡讀信時他們彷彿就在身邊的感覺，這感覺陪伴我度過了好長一段日子，幾乎兩年。我很想繼續這趟追憶的旅程，但我不得不結束它。全部的信，現在又都封起來了，放回它們的紙盒裡。再無任何新鮮事可以挖掘的了，我已經全部看過一遍。他們的情書已經被解密了。

兩個人的年輕身影，和我對他們臨終時的印象，重疊在一起。他們不只是我的父母，他們還有過一段我不曾參與、和我完全無關的人生。奇怪的印象：他們既是我們的父母，卻又不屬於我們。一旦消失了，我們會照著自己的意思來重塑他們，也許不能盡如人意，有些東西抹不去——一個家族的羅曼史及其列祖列宗所真正歷經過的往事，不是前者遮蔽後者，就是互相阻礙、互相混淆。再說，我們真能從他們遞過來的鏡子裡認出自己嗎？哪一個才是他們真正的歷史？而我們的真相又是什麼？這將永遠是一個謎，一塊必須一直重新來過的繡花布，一條不停拆織、不斷修剪的掛毯，它的背後，沒有固定的真相，只有變化的影像；是影片，而非照片。偶爾，我們按下暫停鍵，想找出究竟有什麼東西藏在裡面，或者某個我們以為是關鍵、無論如何一定要搞清楚的瞬間。就好像在接受心理分析時，也許一件微不足道的事、一個小插曲、一絲聲調的變換，或眉毛那幾乎無法察覺的上揚，就要耗去我們好幾年的時光，因為我們的心理在其中受到傷害，從未撫平的舊痛又活了過來。

像我，不是老在敘述自己一出生就沒能和母親在一起嗎？這樣不斷叨念著有什麼意義？就算我知道每個患有肺結核的母親都必須和她們的孩子隔離，又如何呢？我生命中就是有那麼一塊永遠無法彌補的空白、匱乏、斷裂。我可以感覺到它，像一隻驚弓之鳥在我的體內拍撲著，我不肯鬆手，我在那上頭徘徊不去，彷彿一切都是由它而起。但這真的有那麼嚴重嗎？抑或這只是生命中的一個小意外，一件該拋諸腦後的往事？我試著用父親的形象來安慰自己：他低著頭，眼底閃閃發亮，笑得很溫柔，隔著育嬰室的玻璃窗，望著才幾個星期大、正睡在某個年輕護士懷裡的我。一連好幾年，我不斷重返我剛誕生的那幾個禮拜，想在此處挖掘出我之所以痛苦的根源。我的想法正確嗎？還是我弄錯了？哪一個故事不是重新建構過的？所有的記憶為了前後一致，或多或少都有變形或想像的成分？

生活、精神分析、愛情、友情、光陰的流逝、音樂、生病、所愛之人的過世、一隻貓的優雅、雪花、一束迎風招展的鬱金香、書中的寶藏、茶的芳香……漸漸地，這些東西讓傷口癒合了，現在我們頂多用指尖去摸摸那道疤痕。但偶爾，我們還是會忍不住又去刺激它、翻翻舊帳，於是從前那些強烈的情緒又都被叫醒了——這時已不再是回憶，而是死灰復燃。服喪期間就很容易出這種狀況，一切都被硬生生地攤在桌子上，必須全部重新來過，在記憶中亂竄，再度歷經那些情緒、想起那些感受；暴風雨襲擊著我們，我們好似被生剮活宰一般。

我很想重寫我的童年，照我的方式來形塑它，改造我的父母，試試新的配套方案，採用不同的狀況、不同的反應和不同的個性，但這是不可能的。我只能接受這樣的人生、這樣的父母，接受我的及他們的失敗，接受我的力有未逮。潛意識就像一座花園，必須定期翻土，保持空氣流通，拔除雜草，添加肥料……佛洛伊德很喜歡引述伏爾泰在《憨第德》中的那句名言：要去種自己的園子，每個季節、每一年都要去耕種它。不知不覺中，它開始起了變化，主要的線條還在，但顏色換了，有的花叢怒放，另外的則凋零，無聲無息地，景色在改變，觀點也不同了。隨著年紀漸長、見聞和歷練的拓展，我們的看法也會變得不一樣，記憶會從當下裡不斷汲取養分、自我更新。

我的父母雙亡，我想我永遠也無法接受這樣的事實。基本上，我們無法想像什麼是死亡，也許最後還是會習慣成自然，但內心深處並不會就此投降。有人說，人之所以為人，在於人知道自己會死。也許吧？但若死的是別人，像是父母親或其他我們所鍾愛的人，如何能夠毫無異議地照單全收呢？為此我們才會在心裡一直對著他們獨白，想像自己正在和他們對話；也因此才會去發明一些悼亡的時機、做法和儀式？

我的外婆已過世二十五年了，這二十五年來，我大概每隔五年會夢見她一次：祖孫一起喝著下午茶，我會跟她說說家裡發生的事，以及我最近的生活起伏。醒來後，我會覺得又充滿了希望和鬥志。既然我還有機會見到她，所以也就願意接受她的亡逝。這些間隔愈來愈遠的夢中相會，給我一種很平和的感覺。我什麼都不要求，我的哀慟已平息。

那麼對於父母親的死亡，也可以像這樣，以時間來療傷就行了？偶爾我會在街上瞥見一個白頭髮、穿著米色絨褲和麂皮外套的老先生，如同看見了父親的背影。說不定真的是他？這種瞬間的幻覺，讓我感受到的安慰遠勝於殘酷。還有那位穿藍色衣服、氣質高雅的太太，會是我的母親嗎？我多麼希望電話一接起，聽到的是他們的聲音；或看見他們像從前那樣，不事先通知就來到我家裡。過去的爭執、緊張和不愉快，我全部都忘了，我只記得他們對我有多好，以及我們合得來的時刻。

我記得非常清楚，二〇〇一年春季某日，那時父親還沒走。我對自己說，一切都很好，大家都很健康，而人生不會永遠這麼美好，要好好把握此時此刻。那天出了太陽，我和女兒去看電影，男友晚上也要過來。事情順遂的時候，譬如：我現在沒有牙疼，吃都能吃飽，沒有受到囚禁，也沒有炸彈從頭上掉下來，擁有身體和思想上的雙重自由，親友都在身邊……這些，一般人不是都很容易忽略嗎？我常常說幸福不只需要去創造，當它來臨的時候，還得曉得開門迎接；不用要求太多，也不必被沖昏頭；只記住好的，只看那好的。

我想父親一生應是個快樂的人，他對於他是誰、擁有什麼，都很知足。他可能會覺得自己不能成為一名工程師很可惜，不過他肯認命，他試著去喜歡自己的職業，盡忠職守。他無論做什麼，都會做得很好。他在家時，喜歡四處修修補補，把屋裡弄得更妥當。無論是水電工、油漆還是修剪花園，他都有完美無瑕的耐性，判斷正確，技術不輸給專業。還有，他總是願意過來幫我，不管是我那間學生房、第一套公寓或是後來的別墅。他還是個很棒的老師（以前數學不懂都問他）及一流的講故事高手。我小時候，他還幫我在兒童房裡釘了一座很漂亮的木偶劇場，和一根彩色的身高量尺——這些以後都是要讓我的孫輩們去接收的。

父親常常跟我說，他這輩子是從零開始的：「提著兩只皮箱。」他說，他很高興自己能夠擁有一個家和家人。他從來也不會羨慕誰，從不抱怨，從不願依賴別人。他謹慎、低調，我幾乎沒看過他心情不好——這是某種形式的智慧。他還有一種別人都沒有的幽默：很喜歡玩文字遊戲。他愛逛街，賞識一切的新發明，後來還迷上了個人電腦和網際網路——在他生命中的最後數個月，還能將這份最新得來的知識，傳授給比他更新的新手。

但他這一生最重要的成就，還是對我母親的愛。我可以見證，直到他最後一口氣，他還要牽著她的手，保護她、逗她開心、疼她、寵她。他去世後，從母親的哀慟逾恆裡，我看到了父親去世後所留下的巨大虛空——

他曾是她的一切，他一走，她也什麼都沒了。母親到了風燭殘年，一直訴說著很想去和她如此深愛著的丈夫會合。臨去前，她認為自己又找到他了。在墳墓中，這對被死生衝散了的夫妻，終於得以重逢。

他們已不在這世上，無法分享我的喜悅與傷痛。我只好在腦海裡自己跟他們說著搬家、結婚、出書、生日、旅行、孩子們愈來愈大等等人生裡所有的事，然後自問自答。我頸上戴著一個埃及之眼，那是當初他們從大英博物館幫我帶回來的，因為我之前的那個掉了，正在傷心。有時我覺得他們好像已經離開了很久，應該快要回來了；外出很久的人，最後不是都會回家嗎？我不知道潛意識裡有沒有死亡這回事，但離別則是確定的。什麼叫「永遠的別離」？什麼是「永遠」？我們需要一生的時間，才能學會怎麼活著嗎？每個大人的內心角落裡，是不是都躲著一個小小孩？我們難道就像樹木那樣，體內包藏著一圈又一圈逝去歲月的痕跡？

父親葬禮過後，我走出墓園，看見一隻兔子正全速穿過馬路，奔向田野間。我突然有個想法：那是父親的轉世。兩年後，我在墳前與母親道別，正要緩步離開時，只見兩隻兔子從我眼前疾躍而去。

情書遺產
Lettres d'amour en héritage

作　　者　莉迪亞・阜蘭（Lydia Flem）
譯　　者　金文
企畫選書　謝宜英
責任編輯　舒雅心
協力編輯　王玉
行銷業務　張芝瑜、李宥紳
校　　對　魏秋綢
美術編輯　謝宜欣
封面設計　黃子欽

總 編 輯　謝宜英
社　　長　陳穎青
出 版 者　貓頭鷹出版
發 行 人　涂玉雲
發　　行　英屬蓋曼群島商家庭傳媒股份有限公司城邦分公司
　　　　　104 台北市民生東路二段 141 號 2 樓
劃撥帳號　19863813／戶名　書虫股份有限公司
城邦讀書花園
www.cite.com.tw
香港發行所　城邦（香港）出版集團／電話：852-25086231／傳真：852-25789337
馬新發行所　城邦（馬新）出版集團／電話：603-90578822／傳真：603-90576622
印 製 廠　成陽印刷股份有限公司
初　　版　2012 年 9 月
定　　價　新台幣 280 元／港幣 93 元
ISBN　978-986-262-100-4

讀者意見信箱　owl @cph.com.tw
貓頭鷹知識網　http://www.owls.tw
歡迎上網訂購；大量團購請洽專線 02-25007696 轉 2729

國家圖書館出版品預行編目（CIP）資料

情書遺產／莉迪亞・阜蘭（Lydia Flem）著；
金文譯. -- 初版.-- 臺北市：貓頭鷹出版：
家庭傳媒城邦分公司發行, 2012. 09
面；　公分.

譯自：Lettres d'amour en heritage

ISBN 978-986-262-100-4（精裝）

876.6　　101016513